Fahrservice Schubert

Bibliografische Information der Deutschen Nationalbibliothek
Die Deutsche Nationalbibliothek verzeichnet diese Publikation in der Deutschen Nationalbibliografie; detaillierte bibliografische Daten sind im Internet über http://dnb.d-nb.de abrufbar.

© 2013 Bernd Schubert
Umschlagdesign, Satz, Herstellung und Verlag:
BoD - Books on Demand
ISBN 978-3-7322-7092-7

Bernd Schubert

Fahrservice Schubert

Bernd Schubert wurde 1977 in Memmingen geboren. Er schloss 1995 seine Ausbildung zum Industriekaufmann ab. Im Jahr 2000 bestand er erfolgreich den Bankkaufmann, den er an der Abendschule neben der Arbeit nachmachte. 2005 lernte er das Taxigeschäft kennen und machte sich 2006 als Taxi-/Mietwagenunternehmer selbstständig.

Bernd Schubert lebt in Memmingen und Illertissen.

Inhalt

Kapitel 1   *Gründung und erste Kunden*

Nachdem ich mit einem gekündigten Job bei einer Bank jetzt schon ein paar Jahre keinen Arbeitsplatz mehr bekam, der mir richtig gefiel, entschied ich mich, einen Fahrservice zu gründen. Ich war jung, belastbar und unternehmungslustig, also glaubte ich, ein Taxiunternehmen in der Kleinstadt, in der ich wohnte, sei das Richtige. Man hat viel mit Leuten zu tun, und außerdem kann man sportliche Autos fahren, genau das, was ich wollte, da ich sehr gerne Auto fahre.

In Memmingen, die Stadt, in der ich dieses Taxiunternehmen leitete, gab es sogenannte „Aktivsenioren" – Berater für Unternehmensgründer. Sie erarbeiteten mit mir einen Unternehmensplan für mein Taxiunternehmen Fahrservice Schubert, den ich für Banken usw. benötigte. Mit dem Unternehmensplan gings also zur Hausbank, und ein Kredit für mein erstes Auto für meinen Fahrservice Schubert wurde genehmigt. Nun benötigte ich noch eine Genehmigung oder Konzession von meiner Heimatstadt, um dort Fahrgäste von A nach B bringen zu dürfen. Um die Konzession zu bekommen, brauchte ich eine bei der IHK absolvierte Taxiunternehmerprüfung sowie einen Nachweis, dass ich Geld für das erste Fahrzeug hätte. Fürs Lernen zur Taxiunternehmerprüfung ließ ich mir zwei Monate Zeit, den Lernstoff hierfür bestellte ich übers Internet. Die Prüfung bestand ich, da sie nicht sehr schwer für mich war.

Nun konnte ich mich um mein erstes Auto für mein Unternehmen kümmern. Ich recherchierte im Internet auf mobile.de und fand einige Anzeigen von meinem damaligen Lieblingsfahrzeug, einem Audi.
Bei einem Autohändler in München kaufte ich dann den preisgünstigsten Audi A6 Quattro Avant, gebraucht, den das Internet damals zu bieten hatte. Leider hatte er einen versteckten Mangel, denn nach einiger Zeit stellte sich

heraus, dass an mehreren Stellen das Öl herauslief, dies bereitete mir schon zu Beginn meiner Unternehmertätigkeit ziemliche Schwierigkeiten. Ich erfuhr von einem Bekannten, dass ein komplett hergerichteter und damit mängelfreier Audi A6 Quattro Avant mit gleichem Baujahr das Gleiche kosten würde wie meiner, den ich ein paar tausend Euro billiger bekam und den ich noch reparieren lassen müsste. Also machte ich mir keine weiteren Sorgen, nachdem ich das Auto gekauft hatte und von dem Schaden erfuhr.

Den neu gekauften silbernen Audi A6 ließ ich auf den Seitentüren und auf der Heckscheibe schön mit „Fahrservice Schubert", „0800/3008800" bekleben. Hinten am Fahrzeug ließ ich noch „preiswert und zuverlässig" anbringen. Die angeklebten Schriftzüge leuchteten sogar nachts, wenn Licht draufschien. Ach ja mein Firmenlogo, ein Auto mit einer untergehenden Sonne, ließ ich auch noch an meinem Taxi anbringen. Hier muss ich noch erwähnen, dass es sich bei meinem Taxi zwar um ein Taxi handelte, ich durfte die Dienstleistung erbringen, Leute von A nach B zu fahren, aber ich durfte bei meinem Fahrzeug kein Taxischild aufs Dach schrauben, da ich nur eine Konzession für einen „Mietwagen" von der Stadt genehmigt bekam, „Mietwagen" durften in unbegrenzter Anzahl bei der Stadt beantragt werden, nur Taxis nicht mehr, es hieß, 18 Taxis sind ausreichend. Ich wurde in der Warteliste für Taxikonzessionen an erster Stelle eingetragen. Meine Kunden und ich sagten aber trotzdem auch Taxi zu meinem Fahrservice, da es ja eigentlich fast das Gleiche war.

Zwei gravierende Unterschiede gibt es aber schon, zum einen mussten beim Taxi 1,40 Euro pro Kilometer verlangt werden, während ich bei meinem Mietwagen die Fahrpreise frei gestalten durfte. Zum anderen durfte ich ohne Taxischild nicht an den mit „Taxi" gekennzeichneten Flächen, wie z.B. am Bahnhof, halten und Fahrgäste mitnehmen. Die Bezeichnung Mietwagen wird oft missverstanden. Beim Taxigeschäft bedeutet das, der Kunde mietet sich einen Wagen mit Fahrer für eine Fahrt. Ein sehr veralteter Begriff.

Nun hatte ich also ein schönes Taxi vor der Tür, mit dem ich auch Leute transportieren durfte, aber noch keine Fahrgäste, die mich anriefen. Eine Werbeanzeige bei einer Zeitung in Memmingen hatte Schlagkraft, gerade bei den Wochenendkunden nachts.

Ich bringe Sie zuverlässig ans Ziel

Pünktlich und günstig mit dem »Fahrservice Schubert«

Sie möchten gerne rechtzeitig Ihren Flieger erreichen? Sie wissen nicht, wie Sie ins Krankenhaus kommen? Sie müssen spontan von A nach B? Dann sind Sie bei mir an der richtigen Adresse. Zum Jahresanfang habe ich mich - nachdem ich sowohl die Taxischeine für Mindelheim und Memmingen inne habe und über sehr gute Ortskenntnisse im gesam-

ten Unterallgäu verfüge - mit dem »Fahrservice Schubert« selbständig gemacht und biete kundenfreundliche und außergewöhnliche Konditionen: Ich stehe Ihnen rund um die Uhr für Fahrten aller Art, vom Flughafentransfer über Kranken- bis zu Kurierfahrten zur Verfügung und chauffiere Sie in einem geräumigen Audi A6 exklusiv, pünktlich, freundlich und zuverlässig ans Ziel. Ein weiterer Vorteil des »Fahrservice Schubert« sind die

Fahrpreise, die deutlich unter den üblichen Taxitarifen liegen. Bei längeren Fahrten bitte ich lediglich um eine rechtzeitige Vorbestellung. Seit der Eröffnung meines Fahrdienstes haben schon viele Kunden diese günstige und verlässliche Fahrgelegenheit schätzen gelernt. Rufen Sie mich an: Bernd Schubert in Memmingen, gebührenfreies Telefon 0800/3008800, e-mail: fahrservice-schubert@web.de. Text/Fotos: Lange

Auch eine aussagefähige Visitenkarte des neuen Taxiunternehmens durfte nicht fehlen: Jeder Fahrgast, der mit mir fuhr, bekam eine solche Karte in die Hand gedrückt.

Am Wochenende, wie schon erwähnt, hatte ich schon zu Beginn meines Unternehmens jetzt nette, feste Kunden, vor allem junge Leute, die immer

wieder anriefen. Ich kam mit meinem Audi A6 sehr gut bei den jungen Fahrgästen an, die 4 Ringe hieß es – da fahren wir gerne mit, gleich weit im ganzen Unterallgäu herum. Ich fuhr Diskotheken an, die 120 km entfernt waren, und zuverlässige Kunden holte ich auch wieder ab. Ich konnte mich darauf verlassen, dass sie dann noch da waren, gerade bei großen Entfernungen war das wichtig.

Es gab nichts Schöneres für mich, als das Wochenende abzuwarten und so gegen 21.00 Uhr die ersten Anrufe entgegenzunehmen und meine Stammgäste, die immer nett und freundlich waren, zu fahren. Manchmal waren sie auch betrunken, aber das machte mir nichts aus. In Kneipen, Diskotheken, Clubs, in Memmingen und in den umliegenden Dörfern, es gab so einiges, wo man am Wochenende gut weggehen konnte. Als sich mein Fahrservice richtig eingespielt hatte, folgte am Wochenende, und eben fast nur am Wochenende, ein Anruf auf den nächsten. Wo wir auch schon beim Problem waren: Ich hatte unter der Woche, also von Montag bis Donnerstag nichts zu tun.

Ein Werbeschreiben an verschiedene größere Memminger Speditionen und Unternehmen brachte mich weiter. In diesem Schreiben betonte ich meine günstigen Fahrpreise bei Unternehmen und pries mein geräumiges, komfortables Fahrzeug an, mit dem ihre Mitarbeiter und Kunden transportiert werden konnten. Eine Spedition wurde darauf aufmerksam und gab mir immerhin so vier- bis fünfmal im Monat eine Fahrt zum Münchner Flughafen, was mich sehr freute. Bei 140 km Fahrstrecke einfach war da doch einiges verdient.

So weit, so gut, ich hatte also am Wochenende zu tun, und auch unter der Woche rief hin und wieder jemand an. Hinzu kam, dass ich unter der Woche für eine große Krankenkasse zwischen Ärzten und Krankenhäusern zu behandelnde Patienten hin und her fahren durfte, was ich später noch näher beschreibe.

Auch weil die Arzt- und Krankenhaustermine der zu fahrenden Patienten oft zur gleichen Zeit waren und bei meinem Audi A6 jetzt immer wieder einmal Reparaturtermine anfielen, wegen der undichten Stellen, wo das Öl heraustropfte, brauchte ich nun dringend ein zweites Taxi.

Kapitel 2   *Zweites Taxi, der BMW 530 Touring*

In puncto Luxus hielt ich mich wenig zurück und schaffte bei einem Händler, etwa 2 Städte entfernt, einen BMW 530 Touring mit 200 PS sowie Lederausstattung und Klimaanlage an.

Beim ersten Wagen waren die undichten Stellen, wo Öl herauslief, für 4000,– Euro gerichtet, dann kam jetzt der Kauf des zweiten Taxis hinzu, da musste das Geschäft nun in Zukunft gut laufen, dachte ich mir.

Für das zweite Taxi brauchte ich jetzt einen Aushilfsfahrer. Mein Steuerberater riet mir zwar, beim Arbeitsamt nicht nachzufragen was ich aber dann doch tat. Das Lustige, am Telefon beim Arbeitsamt meldete sich ein alter Bekannter, den ich schon Jahre nicht mehr getroffen hatte, er muss eine Stelle beim Arbeitsamt bekommen haben. Ich hatte eine Zeitungsanzeige geschaltet, und zwar ein Aushilfsfahrergesuch, und es meldete sich ein Arbeitsloser. Ich fragte nun meinen Bekannten beim Arbeitsamt, ob er über den Arbeitslosen etwas wüsste, also ob er in der Vergangenheit ein zuverlässiger Arbeiter gewesen sei. Er lachte und sagte mir, der hat bei uns angegeben, er will einen Plattenladen aufmachen. Ziemlich irrsinnig in der heutigen Zeit, sagten wir uns. Ich bedankte mich bei dem alten Bekannten und wünschte ihm noch eine gute Zeit. Meine Menschenkenntnis verriet mir aber, dass ich diesen Arbeitslosen doch ab und an, zu festen Terminen, fahren lassen könnte. Auf den neuen Aushilfsfahrer war am Anfang immer Verlass, sodass ich zufrieden war. Später musste ich ihn leider wegen Nichterscheinen am Arbeitsplatz entlassen.

Nachdem ich nun ein zweites sportliches Taxi hatte, wechselte ich jetzt auch mal das Fahrzeug. Der BMW lief nämlich auch sehr zügig.

Ich schaltete ein weiteres Aushilfsfahrergesuch in einer Zeitung und fand dadurch einen neuen Aushilfsfahrer für mein zweites Auto. Er fuhr mir Kunden von Krankenkassen, die von zu Hause in eine Klinik oder zu einem

Arzt regelmäßig gefahren werden mussten. Bei diesen regelmäßigen Fahrten handelte es sich um Dialyse- oder Bestrahlungsfahrten. Diese Fahrten brachten meinem Unternehmen beträchtliche monatliche Gewinne ein. Da die Unterhaltskosten für meine Taxis und auch ab und zu Reparaturen hinzukamen, deckten diese Gewinne aber gerade einmal meine laufenden Kosten.

Durch einen Stammfahrgast, den ich am Wochenende immer wieder chauffierte, erfuhr ich, dass sein Freund gern bei meinem Fahrservice am Wochenende nachts fahren würde. Er stellte sich bei mir vor, und ich stellte ihn gleich ein, weil er einen sympathischen Eindruck auf mich machte. So hatte ich einen Nachtfahrer.

Am Wochenende nun nachts die Diskotheken mit meinem neuen Nachtfahrer abzufahren, machte schon sehr viel Spaß. Wir verständigten uns übers Handy, wer sich gerade wo befand und wer was fahren möchte. Wenn wir dann nachts auch mal aneinander vorbeifuhren und ich spürte, mein Fahrer hatte seine Sache im Griff, dazu die vielen Nachtfahrten, gab mir das einen besonderen Kick. Man gewöhnt sich mit der Zeit auch einen sportlichen Fahrstil an, gerade wenn nur noch eine Fahrt auf die andere folgt. Es sollten ja auch Zeiten eingehalten werden. Wir waren so fleißig, dass wir jeden Fahrgast zufriedenstellten. Sie sagten uns: Euch ruft man an und ihr seid sofort da. Auf euch ist Verlass. Wir rufen euch immer an. Ab jetzt nur noch Fahrservice Schubert. Vergiss die anderen Taxis. Woanders haben wir immer eine Stunde gewartet. Sie schmissen sogar die Visitenkarten der anderen Taxiunternehmen weg und löschten die Nummern aus ihren Handys. Ich muss sagen, dass ich in den komfortablen Taxis auch immer beste Musik laufen hatte, wofür mich meine Fahrgäste auch stets lobten. Ich wusste, welche Radiosender gut bei meinen Kunden ankamen, und auch meine Musik-CDs waren der Hit.

Meine Kunden fragten mich, wo noch was los sei, ich wusste es und brachte sie hin. Gib uns Karten mit, wir verteilen sie für dich, hieß es. Sie lobten mich, weil ich immer zuverlässig war. Ich war natürlich auch bei einigen bekannt dafür, dass ich so gewisse Ausnahmen machte, was die Anzahl der Fahrgäste betraf. Ich ließ mich auch manchmal dazu überreden. Es war schwierig, nein zu sagen, wenn gerade alle Fahrgäste gut gelaunt waren und sie fragten, ob ein oder zwei Leute mehr einsteigen dürfen. Also gut, sagte ich dann, steigt in den Kofferraum. Der war ja sehr geräumig. Einmal, als es ausartete, legte sich sogar einer quer über seine Kumpels. Der Kofferraum war dann auch noch mit zwei Leuten voll, sodass sie aber zum Dank, als sie alle vor einer Diskothek ausstiegen, mir eine La-Ola-Welle machten. Meine gute Laune erreichte ihren Höhepunkt. Ich wusste aber, dass ich das eigentlich nicht machen durfte. Zu meinen Taxi-Fahrgästen zählten natürlich auch hübsche junge Damen, die sich von Bars angetrunken nach Hause fahren ließen. Es war leicht, mit einer Frau ins Gespräch zu kommen, was einem außerhalb des Taxiunternehmens oft nicht so leicht fiel. Mir zumindest. Ich machte schon die tollsten Dinge mit diesen angetrunkenen

Damen mit. Sie luden einen in ihre Wohnung zu einem Kaffe ein, was mitten in der Nacht sehr gut tat. Oder sie fragten: Was machst du jetzt noch, möchtest du in meine Wohnung mitkommen? Manchmal baten sie mich auch, mit rein in die Bar zu kommen, sie gaben mir dann ein Getränk aus und sie versprachen mir noch eine weitere Fahrt. Die Nacht war gerettet. Was viele meiner Freunde heute nicht verstehen, ist, dass ich damals mit diesen Damen nicht mehr unternommen habe. Ich wollte einfach nicht die Nacht mit einer angetrunkenen Frau vergeuden, wenn ich doch so viele Fahraufträge hatte. Ich hatte einfach einen starken Geschäftssinn.

Das Wochenende war vorüber, und nach einigen kuriosen Fahrten am Wochenende kam jetzt wieder der Alltag unter der Woche. Ich muss wirklich sagen, dass ich sehr gerne nachts arbeitete.

Kapitel 3   *Versteigerung von Taxifahrten und Erweiterung des Unternehmens*

Eine bekannte große Krankenkasse in Memmingen versteigerte schon seit einiger Zeit ihre Krankenfahrten übers Internet, bei der der günstigste Taxiunternehmer Fahrten bekam. Ich machte schon einmal bei der Versteigerung mit und bekam aufgrund meines billigen Fahrpreises die Fahrten, die ich mir vorgestellt hatte. Orte, die bis zu 40 km von Memmingen entfernt waren, mussten nun zweimal am Tag und das dreimal die Woche angefahren werden. Von den weiten Fahrten bekam ich zu Anfang 3 Stück. Das Ganze war einem dann ein halbes Jahr sicher, dann erfolgte wieder eine Versteigerung. Weil ich so günstig war, machte eine Krankenkasse sogar Werbung für mein Unternehmen und gab meine Visitenkarten an ihre Kunden weiter. So erhielt ich auch Fahrten, die täglich stattfanden, und das auch wieder zu Orten, die 40 oder sogar 60 km entfernt waren.

Ich machte einen schwerwiegenden Fehler, der meinem Unternehmen wahrscheinlich schon früh das Kreuz brach, ich kaufte ein drittes Taxi. Bei dem neuen Taxi, ein Renault Laguna Kombi mit 170 PS und Vollausstattung, war in der Autowerkstatt zuerst zwar nur der Zahnriemen zu erneuern, aber auch solche Kosten summieren sich, auch beachtete ich nicht, dass die Versicherung für das dritte Fahrzeug etwas höher ausfiel, da ich für dieses Fahrzeug keinen Rabatt mehr bekam. Ich war damals sicher, ich schaffe das. Als dritten Fahrer hatte ich meine Freundin.

Streitigkeiten blieben nicht aus, wenn es um Taxifahrten ging. So hat einmal ein anderer Taxiunternehmer meinen Fahrgast, eine ältere Frau, vor dem Krankenhaus, wo mit dem Taxi auf die Kunden gewartet wird, angesprochen. Er fragte sie, wie sie auf den Fahrservice Schubert aufmerksam wurde. Hat Sie die Krankenkasse für den Fahrservice geworben?, fragte er sie weiter. Er meinte, er hätte so vielen Angestellten deren Sozialversicherungsbeiträge zu bezahlen und dann gebe die Krankenkasse einfach anderen Unternehmen Fahrten, die eigentlich ihm zuständen. Mein Fahrgast erzählte es mir bei der Rückfahrt und ich war empört darüber. Manche Unternehmer bekommen einfach nicht genug, dachte ich mir. Mein Fahrgast war der gleichen Meinung.

Es war wieder Wochenende, und ich bekam mittlerweile schon Spitznamen, wie Schubi oder Fahr-Schubert. Ah, hieß es, der freundliche Taxifahrer ist wieder da. Ich unterhielt mich einfach ein wenig mit meinen Fahrgästen, und sie sagten, der ist total nett, oder: endlich mal ein netter Taxifahrer, die anderen reden kein Wort im Taxi. Ich war recht beliebt bei meinen Kunden. Irgendwann bürgerte es sich dann ein, dass wir jeden mitnahmen, der gerade an der Straße stand und ein Taxi brauchte oder schnell noch anrief. Die Fahrt war noch gar nicht beendet und schon war der Nächste im Taxi. Wir nahmen jeden mit, bis das Taxi voll war (deswegen schaffte ich später auch ein Großraumtaxi an). Die Fahrgäste nahmen kleine Umwege in Kauf und so konnten noch mehr Leute gefahren werden. Das kam so gut an, dass es mir andere Taxiunternehmer nachmachten. Die nannten sich dann Anruf-Sammeltaxi.

Zwei junge Damen, die ich von einer Bar nach Hause fahren sollte, waren mal wieder sehr angetrunken, die eine lallte nur noch vor sich hin, was mich allerdings noch nicht so störte, ich war das schon gewohnt. Schwierig wurde es nur, als wir am Ziel ankamen und die eine nicht aussteigen konnte. Meine Beifahrerin und ich versuchten ihr herauszuhelfen, sie war aber so betrunken, dass sie sich zwischen Vordersitz und Fußraum festklemmte. Wir zerrten sie aus dem Auto. Sie konnte nicht einmal mehr stehen und lag nun auf dem Boden. Ich fragte die andere junge Dame, was sie denn gemacht hätten. Sie sagte zu mir, sie hätten ein Geschäftstreffen gehabt, wo sich ein paar Angestellte im Eiskeller, eine angesagte Bar in Memmingen, trafen, um ein wenig zu feiern. Sie hat ziemlich viel getrunken, meinte sie. Die andere junge Dame lag am Boden neben dem Taxi und bewegte sich nicht mehr. Wir sprachen sie an, aber sie blieb regungslos liegen. Mir blieb nichts anderes übrig, als den Notarzt zu rufen. Der kam dann nach einer Viertelstunde. Ich half dem Notarzt noch, die vollgekotzte Jacke des Mädchens auszuziehen. Der Arzt bedankte sich, legte die Frau auf eine Bahre und lud sie ein. Dann fuhr er mit Blaulicht davon. Die andere war immer noch schockiert und sagte, sie gehe erst mal ins Krankenhaus zu ihrer Freundin.

Aber solche Vorfälle sind eher selten. Genauso selten ist es z.B., dass ein Taxifahrgast nicht zahlen will. Deswegen die Polizei zu rufen, ist nicht sinnvoll. Bis die Polizei eintrifft, ist der nicht zahlende Fahrgast längst über alle Berge. Außerdem kann ich in der Zeit eine andere Fahrt machen, also lass ich ihn gehen.

Man muss als Taxiunternehmer ein Allround-Talent sein. Es darf einem nichts ausmachen, seine Taxis immer wieder zu waschen und zu reinigen. Andererseits korrespondiert man mit Unternehmen und Krankenkassen über Dinge wie Verträge, Fahraufträge, Preise. Oft während einer Fahrt muss man sich telefonisch bestätigen, ob eine Fahrt in Ordnung geht. Betrunkene dürfen einem Taxiunternehmer nichts ausmachen. Nichts darf einem bei dieser Tätigkeit zu viel sein. Es kam vor, dass eine Spedition ein Taxi für eine Flughafenfahrt nach München bestellte, und als ich nach Memmingen zurückkam, rief das Unternehmen noch mal an und ich musste einen Kunden der Firma gleich im Anschluss an meine letzte Fahrt wieder nach München fahren. Es kam auch vor, dass ich die ganze Nacht von 21.00 Uhr abends bis 7.00 Uhr in der Früh Taxi gefahren bin und dann noch um 7.00 Uhr morgens ein Hotel anrief und für seinen Kunden ein Taxi zum Flughafen nach Stuttgart benötigte. Da muss man halt dann noch los.

Eine kleine Auszeit brauchte ich nach einem halben Jahr Unternehmertätigkeit, die ich hinter mich gebracht hatte, und dem Stress, den ich dabei hatte. Mein Vater übernahm die Vertretung für mich. Ich fuhr mit meiner Freundin nach Mannheim, dort besaß der Vater von ihr noch ein Haus, in dem wir übernachten konnten. Um einfach mal abschalten zu können und um an etwas anderes zu denken, besuchten wir den Freizeitpark in Haßloch. Wir fuhren mit der Achterbahn Expedition Geforce. Das Besondere an dieser Achterbahn ist der um die Herzlinie gedrehte, sehr steile First Drop (erste Abfahrt), bei dem auf den hinteren Sitzplätzen der Züge Airtime zu spüren ist. Airtime ist ein englischsprachiger Begriff für Schwerelosigkeit beziehungsweise Abheben aus dem Sitz. Auf der 1,3 km langen Strecke beschleunigt die Bahn auf bis zu 120 km/h, wobei Beschleunigungen von bis zu 4,5 g (4,5-fache Erdbeschleunigung) und sieben Airtimes auf den Körper des Mitfahrers wirken. Die höchste Erhebung beträgt 62 Meter. Die Achterbahn ist eine der größten in Europa. Außerdem probierten wir auch den Freefall-Tower (Freifallturm) aus. Er besteht primär aus einem Turm, an dem eine Kabine mit Passagieren hochgezogen wird. Oben angelangt, lässt man die Kabine in den freien Fall übergehen, bis sie am Fuß des Turms an einer Bremsvorrichtung gefangen wird. Allein schon wegen dieser zwei Attraktionen sollte man den Freizeitpark in Haßloch einmal besuchen. Er ist eine Reise wert. Am nächsten Tag schauten wir uns noch die Stadt Mannheim genauer an.

Nach dem beendeten kleinen Urlaub zuhause angekommen, interviewte ich gleich meinen Vater, wie es denn mit dem Geschäft gelaufen sei. Er meinte, er könnte das nicht noch einmal machen, da ihm die angeheiterten Fahrgäste am Wochenende zu viel Nerven kosteten.

Was mich ziemlich mitnahm, waren die gelegentlichen Reparaturen der Fahrzeuge. Bei acht Jahre alten Fahrzeugen, sie wurden ja gebraucht gekauft, kam es öfter mal zu Instandsetzungen. BMW, Audi, aber auch Renault sind teure Markenfahrzeuge, bei denen man auch bei einer Instandsetzung für die Marke mit zahlte. Für mich kam aber immer nur eine Reparatur in einer Fachwerkstatt in Frage, zumal ich auch dazu gezwungen war – die neueren Autos sind so gebaut, dass ein Hobbymechaniker nicht mehr an die entsprechenden Teile herankommt. Eine Reparatur in einer Fachwerkstatt läuft folgendermaßen ab: Das Fahrzeug wird oberflächlich angeschaut, daraufhin sagt einem der Verkaufsmitarbeiter keinen Preis für die Instandsetzung, was ja im Grunde das Wichtigste ist. Bei der Frage nach den Instandsetzungskosten bekommt man meistens die Antwort, dass sie das nicht genau wüssten. Vielleicht käme noch das eine oder andere hinzu, was einem noch mehr Angst macht.

Bei diesen Fachwerkstätten wurde ich aber ansonsten behandelt wie ein König. Es wird einem bei einer Wartezeit gleich ein Kaffee gebracht, diesen kann man dann in angenehmer Atmosphäre genießen – sofern man noch etwas zu genießen hat, bei den hohen Reparaturkosten. Sollte das Fahrzeug in der Werkstatt bleiben müssen, wird man kostenlos nach Hause gefahren und am nächsten Tag wieder abgeholt. Außerdem ist das gesamte Personal sehr freundlich.

Kapitel 5 *Das Großraumtaxi und „die politische Schiene"*

Ein Vertriebsmitarbeiter von Audi sagte mir beim letzten Fahrzeugcheck, dass nach der letzten Ölabdichtung, die ganze Abdichtung kostete mich mehr als 4000,– Euro, nun noch mindestens 1000,– Euro wegen eines Defekts am Motor auf mich zukämen. Diese Aussage hat mir den Rest gegeben, und ich entschied mich, den Audi A6 zu verkaufen. Nachdem mich schon oft meine Fahrgäste angesprochen hatten, warum ich kein Großraumtaxi hatte, beschloss ich, das Taxiunternehmen um ein Großraumtaxi zu erweitern. Zusätzlich kam mir in den Sinn, dass es sich diesmal um ein Neufahrzeug handeln musste, da mir die laufenden Reparaturen in der Vergangenheit große Sorgen bereiteten.

Bekanntlicherweise gibt es von der Automarke Kia günstige Fahrzeuge, also entschied ich mich für einen Kia. Mit diesem Kia konnte ich nun 6 Personen befördern, ohne dass jemand im Kofferraum einsteigen musste, was ja sowieso nicht erlaubt war. Meine Fahrgäste lobten wieder das neue Auto. Klar, die Lederausstattung imponierte vielen, und die herrlich beleuchtete CD-Radio-Sound-Anlage fiel sofort auf. Für die Fahrgäste in der dritten Reihe waren sogar Kippfenster angebracht. „Deluxe" sagten meine Kunden dazu. Das Fahrzeug war so komfortabel ausgestattet, dass man sich vorkam wie in einem Flugzeug. Es fehlte nur noch der von der Decke herunterklappbare Monitor für den DVD-Player, was ich aber für übertrieben hielt und deswegen nicht dazukaufte.

Leider konnte ich mit der Anzahl meiner Aufträge noch nicht zufrieden sein, sodass ich meinen Ausbildungsprüfer anrief. Er meinte, ich solle alle Steuerberater in Memmingen wegen Aufträgen fragen, bzw. bei ihnen Werbung machen. Das brachte so gut wie gar nichts ein. Aber da ich mit meinem jetzigen Steuerberater sowieso nicht ganz zufrieden war, wechselte ich zu einem anderen Steuerberater für mein Unternehmen. Dieser hatte zwar seinen Sitz in einer anderen Stadt, aber ich hörte davon, dass er sehr zuverlässig sei. Woher ich mehr Fahraufträge bekommen könnte, wusste dieser aber leider auch nicht.

Na ja, zum Jahreswechsel 2006/2007 lief es dann doch nicht so ganz schlecht. Ich konnte im Januar einen Umsatz von 11.000,– Euro verzeichnen. Der Kauf von Winterreifen und ab und zu anfallende Instandsetzungen der Taxis verbrauchten aber den Gewinn vom Januar recht schnell.

Im Winter sind mehr Leute krank, hieß es, wodurch ich sehr viele Fahrten, die täglich stattfanden, von der Krankenkasse, aber auch durch eigene Werbung bekam. Die Dauer der Fahrten betrug oft eineinhalb Monate lang pro Kunde. Die Fahrt ging jeweils in einen Ort, der ca. 60 km entfernt war.

Sorgen machte mir nur, dass meine Heimatstadt im neuen Jahr für das Krankenhaus ein eigenes Bestrahlungsgerät für eine Million Euro gekauft hatte, weswegen die regelmäßigen weiten Fahrten dann wegfielen. Jetzt hatte ich 3 Taxis vor der Tür stehen, und unter der Woche kaum noch Arbeit. Ich schaltete wiederum eine große Werbeanzeige in der örtlichen Zeitung, das war aber diesmal nicht sehr hilfreich. Auch mein Einfall, mehr Visitenkarten zu verteilen, war ein Tropfen auf den heißen Stein. Versteigerungsfahrten von Krankenkassen bekam ich auch nicht mehr ausreichend, um existieren zu können.

Ich wusste, dass es abwärts ging, und ich war völlig ratlos. Da fiel mir ein, den Bürgermeister zu fragen, ob er mir eine Taxikonzession, die meine Fahrservice-Konzession ersetzen würde, erteilen könnte. Es erschien mir noch zu früh, dies zu tun, zumal er auch einen Grund brauchte, weshalb er mir eine Taxikonzession erteilen sollte. Politiker wissen doch am ehesten, was bei einem notleidenden Unternehmen zu tun ist, dachte ich mir. Und warum nicht einmal gleich ganz oben nachfragen, also bei der Kanzlerin. Es handelte sich ja um ein Unternehmen, bei dem Leuten geholfen wird, indem sie von A nach B gebracht werden. Sei es eine Flughafenfahrt für ein anderes Unternehmen, eine Krankenfahrt oder auch ein Angetrunkener, der dadurch seinen Führerschein nicht verliert. So ein Unternehmen müsste doch Anerkennung finden, dachte ich mir, und ich verfasste den nachfolgenden Brief an Angela Merkel.

Sehr geehrte Frau Dr. Merkel,

ich weiß, Sie sind eine vielbeschäftigte Frau, trotzdem möchte ich Sie bitten, sich meines hier kurz geschilderten Problems anzunehmen.

Nachdem ich als gelernter Industrie- und Bankkaufmann wegen Personalabbaus im Jahre 2002 keinen Arbeitsplatz mehr bekam, bin ich bis zum Jahre 2006 überwiegend arbeitslos gewesen. Ich entschloss mich dann Anfang 2006, mich als Taxi-/Mietwagenunternehmer selbstständig zu machen, da es vollkommen aussichtslos war, als Kaufmann noch einen Arbeitsplatz zu bekommen.

Seit über einem Jahr betreibe ich nun einen Fahrservice in Memmingen. Ich darf hier Personen von A nach B fahren, genauso wie ein Taxiunternehmen. Von meinem Unternehmen, das vom Gewerbeamt auch als „Mietwagenunternehmen" bezeichnet wird, obwohl es mit Mietwagen nichts zu tun hat, können Sie sich unter www.fahrservice-schubert.de im Internet ein Bild machen.

Als geprüfter Taxi-/Mietwagenunternehmer eröffnete ich also ein Mietwagenunternehmen, da Taxikonzessionen von der Stadt nicht vergeben wurden. Mit günstigen Preisen bei den Krankenkassen erledigten meine Fahrer und ich zuverlässig Patientenfahrten, die den größten Anteil an meinem Unternehmen ausmachen.

Für mein Unternehmen habe ich im Laufe des Jahres 2006 drei Fahrzeuge angeschafft, die in Raten bei der Bank abbezahlt werden. Diese Fahrzeuge sind nötig, da die Behandlung der zu fahrenden Dialysepatienten zur gleichen Zeit beginnt und endet. Fahrten für Krebspatienten zur Bestrahlung, die für mich weitere Fahrstrecken bedeuteten, fielen ab Anfang dieses Jahres weg, da das Krankenhaus unserer Stadt jetzt eine eigene Bestrahlungseinrichtung bekommen hat.

In ein paar Monaten wird der Regionalflughafen in Memmingen fertiggestellt sein. Hier sind Fahraufträge zu erwarten. Schon seit mehreren Monaten korrespondiere ich mit der Geschäftsleitung des Allgäu-Airports.

Ich habe meinen zuverlässigen Fahrservice angeboten mit ausführlicher Beschreibung meiner drei geräumigen Fahrzeuge. Ich wurde vollkommen übergangen, das größte Taxiunternehmen in Memmingen hat seit einiger Zeit eine Autowerbung vom Allgäu-Airport bekommen und einen Werbehinweis auf der Allgäu-Airport-Internetseite. Mich hat der Allgäu-Airport auf meine schriftlichen und telefonischen Anfragen immer nur hingehalten und auf meine letzte Anfrage habe ich überhaupt keine Antwort mehr bekommen. Der Allgäu-Airport hat schon seit Ende letzten Jahres Fahraufträge zu vergeben, aber diese Aufträge werden grundsätzlich nur diesem einen Taxiunternehmen zugeteilt.

Das Gleiche gilt für das Klinikum Memmingen. Meine letzten Fahraufträge bekam ich im Dezember letzten Jahres. Obwohl dort laufend Verlegungsfahrten anfallen, werden immer nur die gleichen Taxiunternehmen angerufen.

Die AOK hat im letzten Jahr dadurch, dass sie Fahraufträge, bei denen sie vorher die sonst üblichen Preise gedrückt hatte, an mich vergeben hatte, somit rund 10.000,00 Euro eingespart. Mir fehlt dieses Geld. Es wurden beispielsweise bei Bestrahlungsfahrten von Krebspatienten, bei der der Patient nach Behandlung gleich wieder nach Hause gebracht wurde, nur die Hinfahrt bezahlt – alle anderen Krankenkassen vergüteten Hin- und Rückfahrt.

Schon des Öfteren musste ich von Angestellten bei Krankenkassen hören, dass unsere Taxiunternehmer bei den Krankenkassen „gewisse Geschenke" machen, um Aufträge zu bekommen.
Wie soll ein Jungunternehmer wie ich bestehen können, wenn unsere Taxiunternehmer mit solchen „Bestechungsmethoden" arbeiten dürfen?

Autowerkstätten, Tankstellen, Banken usw. verdienen ebenfalls sehr gut an meinem Unternehmen, was ich jetzt nicht weiter ausführen möchte.

Taxiunternehmen zahlen ans Finanzamt 7 % ihrer Taxieinnahmen. Das Finanzamt bekommt ganze 19 % der Fahreinnahmen meines Mietwagenunter-

nehmens, obwohl hier die gleiche Arbeit verrichtet wird wie von Taxiunter-
nehmen. Wo ist da die Gerechtigkeit?

Wie soll ich unter solchen Umständen und mit derartigen Hindernissen ein
Taxi-/Mietwagenunternehmen über Wasser halten?

Können Sie mir dazu eine unterstützende Antwort geben, Frau Merkel?

Meinen herzlichsten Dank, dass Sie sich für meinen Brief Zeit genommen haben.

Mit freundlichen Grüßen
Bernd Schubert

Sehr geehrter Herr Schubert,

vielen Dank für Ihr Schreiben an Frau Bundeskanzlerin Dr. Merkel vom 18.
März 2007. Bitte haben Sie Verständnis dafür, dass es der Bundeskanzlerin
angesichts der Vielzahl eingehender Schreiben leider nicht möglich ist, Ihnen
persönlich zu schreiben. Ich bin gebeten worden, Ihnen zu antworten.

Wenn ich auch Ihre Sorgen nachvollziehen kann, so muss ich Sie dennoch
um Verständnis dafür bitten, dass der Bund in dieser Angelegenheit nicht
eingreifen kann. Die Vergabe von Aufträgen zwischen privaten Unternehmen
bestimmt sich nach den Regeln des Zivilrechts. Sofern es sich bei dem ange-
sprochenen Allgäu-Airport bzw. dem Klinikum Memmingen um öffentliche
Auftraggeber handelt, bestimmt sich die Vergabe von Aufträgen nach dem
Vergaberecht des Landes bzw. der Kommune, da beide Einrichtungen keine
Bundesbehörden sind. Die Bundesebene kann hierauf keinen Einfluss nehmen.

Deshalb kann ich Ihnen nur anheimstellen, sich mit den zuständigen Landes-
und Kommunalbehörden in Verbindung zu setzen und vor Ort alle Möglich-
keiten auszuschöpfen, um Ihre Belange zu vertreten.

Manchmal ist es sehr schwierig, bei einem sich ändernden Markt Alleinstellungsmerkmale zu entwickeln und Kundenbeziehungen aktiv zu gestalten, um sich von den Wettbewerbern zu differenzieren. Erlauben Sie mir deshalb, Sie auf die Beratungsförderung des Bundesamtes für Wirtschaft und Ausfuhrkontrolle (BAFA) aufmerksam zu machen. Existenzgründer und junge Unternehmer können z.B. zur Anpassung ihres Marketingkonzeptes durch einen professionellen Unternehmensberater Zuschüsse zu den vom Unternehmensberater in Rechnung gestellten Beratungskosten erhalten.

Nähere Informationen zur Beratungsförderung sowie zu anderen ggf. für Sie in Frage kommenden Förderprogrammen erhalten Sie bei der Finanzierungshotline des Bundesministeriums für Wirtschaft und Technologie, die Sie montags bis freitags von 9.00 Uhr bis 16.00 Uhr unter der Rufnummer 030/18615-8000 erreichen können.

Ich würde mich freuen, wenn es gelingt, eine befriedigende Lösung für Ihren Fall zu finden.

Mit freundlichen Grüßen
Bundeskanzleramt

Ich konnte zufrieden sein, ich bekam sogar eine Antwort. Zufrieden war ich aber nicht so richtig. Was sollte ich mit einer Hotline für Beratungsförderung, wenn ich Aufträge brauchte. Ich machte mir mit dieser Telefonnummer nicht allzu viel Hoffnungen, deswegen rief ich diese auch nie an.

Nachdem mich im Augenblick das Unternehmen nur stresste und ich von den nächtlichen Wochenendfahrten auch recht fertig war, brauchte ich mal wieder eine kleine Auszeit. Ich rief eine alte Freundin von mir an, mit der ich schon früher hin und wieder ausgegangen bin und mit der ich Spaß hatte. Sie freute sich, nach langer Zeit mal wieder von mir zu hören, und kam am gleichen Abend noch vorbei. Ich holte sie am Bahnhof ab, und wir liefen Richtung Stadtmitte, wo es einige Bars und Kneipen gab. Das war leider nicht so der Renner, sodass wir uns entschieden, in eine Diskothek in einer entfernteren Gegend zu gehen. Wir brauchten ein Taxi. Überall, wo ich anrief, hieß es „zurzeit nicht erreichbar" oder eine Stunde Wartezeit. Wir liefen zum Taxihalteplatz beim Bahnhof und hatten nach einer halben Stunde Glück, es kam ein Taxi. Wir hatten dann noch einen ganz netten Abend in der Diskothek, wir tanzten und unterhielten uns prächtig.

Am nächsten Tag fiel mir ein, wenn die Stadt am Wochenende nicht genug Taxis zur Verfügung hat, wie ich es ja selbst spüren musste, wäre das ein Grund, einmal auf den Bürgermeister meiner Stadt zuzugehen. Ich wollte aber nicht gleich den Oberbürgermeister treffen, so entschied ich mich für den 2. Bürgermeister, der war auch bei der CSU, was mir lieber war, weil ich CSU-Wähler war.

Ich schrieb ihn übers Internet an, beschrieb kurz die Situation meines Unternehmens. Ich erwähnte auch, wenn ich nicht in nächster Zeit eine richtige Taxikonzession bekomme, sodass ich auch am Bahnhof Fahrgäste einladen darf, müsste ich mein Unternehmen schließen. Ich hätte ganz einfach auch einen besseren Namen, wenn ich mein Unternehmen Taxi Schubert nennen dürfte. Des Weiteren brauchte ich am Wochenende selbst ein Taxi für eine Fahrt und bekam keines.

Daraufhin bekam ich ein Schreiben vom 2. Bürgermeister, und zwar eine Einladung zu einem Gespräch im Rathaus. Er erwähnte aber auch, dass es für ihn eher ein Problem sei, mir eine Taxikonzession zu erteilen, auch deswegen, weil die jetzigen Taxiunternehmer der Stadt ihre Stimme dagegen erheben würden. Im Rathaus war dann noch zusätzlich der Chef vom Gewerbeamt anwesend. Sie sagten mir beim Gespräch, dass sich noch nie jemand darüber beschwert hätte, dass kein Taxi zur Verfügung stand. Der Bürgermeister meinte, er könne mir jetzt nicht einfach eine Konzession erteilen, nur weil ich das möchte. Außerdem seien auch junge Taxiunternehmer in der Stadt schon vorhanden. Zum Schluss sagten sie noch zu mir: Lieber ein Ende mit Schrecken, als ein Schrecken ohne Ende. Ich sollte praktisch lieber mein Geschäft beenden. Dass aber in Memmingen wirklich eine Taxiknappheit besteht, was mir auch schon meine eigenen Fahrgäste während der Fahrten mitteilten, interessierte die beiden nicht. Nachfolgend die Schreiben vom 2. Bürgermeister, vom Oberbürgermeister und vom Wirtschaftsminister Erwin Huber sowie vom Allgäu Airport.

Sehr geehrter Herr Schubert,

besten Dank für Ihre Schreiben per Mail und per Post, in denen Sie auf das allgemeine und persönliche Problem der Taxi-Konzession hinweisen.
In Memmingen sind sämtliche Konzessionen (für 18 Fahrzeuge) vergeben – Ihre Bewerbung steht auf Platz 1 der Ersatzliste.
Ich kann Ihnen somit zu meinem Bedauern keine andere Aussage zukommen lassen als:
– Sie müssen warten, bis eine oder mehrere Konzessionen zurückgegeben werden.
–Ich lasse bei uns im Haus überprüfen, ob sich die Verhältnisse so geändert haben, dass Bedarf für eine (oder mehr) weitere Konzession besteht.
(Für Stand-Konzessionen am Allgäu-Airport ist allerdings ausschließlich das Landratsamt Unterallgäu in Mindelheim zuständig!)
– Ich bin gerne auch bereit, auf der politischen Schiene diese Überprüfung beantragen zu lassen.
(Die örtlichen Taxiunternehmen werden natürlich gegen weitere Konzessionen ihre Stimme erheben – andererseits argumentieren Sie, sehr geehrter Herr Schubert, ja damit, dass Sie beispielsweise abends Schwierigkeiten hatten, ein Taxi zu bekommen.)

Mit freundlichem Gruß
2. Bürgermeister

Vollzug des Personenbeförderungsgesetzes
Ausnahmegenehmigung für die Abholung von Fluggästen vom Allgäu Airport

Sehr geehrter Herr Schubert,

Ihr Schreiben vom 06.11.2007 habe ich erhalten und nehme auf Ihre Ausführungen wie folgt Stellung:

Die Genehmigungsbehörde für die Erteilung einer Taxikonzession für den Allgäu Airport ist das Landratsamt Unterallgäu. Eine Taxikonzession für den Betriebssitz Memmingerberg kann also nur das Landratsamt Unterallgäu und nicht die Stadt Memmingen erteilen.

Fahrgäste vom Allgäu Airport können aber jederzeit Ihren Fahrservice (Mietwagen) telefonisch anfordern. Es besteht für Sie auch die Möglichkeit, jederzeit Fahrgäste zum Allgäu Airport zu bringen.

Das Bereithalten mit Ihrem Mietwagen in der Taxispur am Allgäu Airport ist jedoch nicht gestattet.

Ich hoffe, dass ich Ihnen mit meiner Antwort weiterhelfen konnte.

Mit freundlichen Grüßen
Oberbürgermeister

An Erwin Huber – Bayerischer Wirtschaftsminister

Sehr geehrter Herr Huber,

am 13.12.05 absolvierte ich erfolgreich bei der IHK-Schwaben meine Prüfung zum Taxiunternehmer. Ich ließ mich damals auch sofort auf die Warteliste der zu erteilenden Taxikonzessionen in meiner Stadt eintragen, an 1. Stelle, da sonst außer mir niemand eine Konzession beantragte.

Mit meinem Mietwagenunternehmen Fahrservice Schubert (eine Übergangslösung bis zur Erteilung der Taxikonzession) bin ich nun finanziell am Ende wegen Auftragsrückgang und erzwungener Niedrigfahrpreise, die gerade von der Krankenkasse ... aufgebracht wurden.

Mein Schreiben ans Bundeskanzleramt, mit der Bitte um Unterstützung o.Ä. schlugen fehl, mir wurde lediglich eine „Hotline" angeboten.
Meine Heimatstadt möchte mir keine Taxikonzession erteilen, sodass mir nichts anderes übrig bleibt, als bei der Agentur für Arbeit Sozialhilfe zu beantragen.

Mit Interesse sehe ich einer Antwort Ihrerseits entgegen.

Mit freundlichen Grüßen
Bernd Schubert

Anlage
BK vom 18.03.07

Von einem Mitarbeiter des Bayerischen Staatsministeriums bekam ich dann eine nicht weiterbringende 3-seitige Antwort. Das Klinikum Memmingen wurde überprüft, es wurden mir ausreichend Aufträge erteilt, hieß es. Das

stimmte nicht. Des Weiteren sollte ich mir in bestimmten genannten Fach-
zeitschriften Wissen aneignen.

An den Geschäftsführer vom Allgäu-Airport

Sehr geehrter Herr ...,

*am 01.08.07 starte ich mit meinem Unternehmen Fahrservice Schubert er-
neut. Mein Fahrunternehmen hatte einen starken Auftragseinbruch, deswegen
musste ich das Unternehmen schließen.*

*Herr ..., unser Memminger Stadtrat empfahl mir, mich direkt an Sie zu wen-
den und nicht etwa an eine Sekretärin, die meine Anfragen nicht beantwortet.*

*Es würde mich also sehr freuen, wenn Sie mein junges Unternehmen mit
Fahraufträgen unterstützen könnten. Ihr Flughafen ist mir ja schon durchs
Hotel ... bekannt, von dem ich einige Flughafenfahrten bekommen habe.*

*Mein Unternehmen ist auch im Internet vertreten, unter www.fahrservice-
schubert.de*

Mit freundlichen Grüßen
Bernd Schubert

Ihre Anfrage bezüglich Fahraufträgen

Sehr geehrter Herr Schubert,

wir möchten uns hiermit recht herzlich für Ihr Schreiben vom 28. Juli 2007 und Ihr Interesse an einer Mitwirkung am Flughafen bedanken.

Wir werden eine Einsatzmöglichkeit in unserem Hause prüfen und bitten um etwas Geduld, da dies eine gewisse Zeit in Anspruch nehmen wird.

Wir werden uns sobald wie möglich wieder mit Ihnen in Verbindung setzen und verbleiben

mit freundlichen Grüßen
Allgäu Airport

Angebot Fahrdienst

Sehr geehrter Herr Schubert,

wir haben die Einsatzmöglichkeit Ihres Fahrdienstes geprüft.

Da wir bereits einen Fahrdienst-Transferbus – als Premiumpartner haben, ist eine Zusammenarbeit mit einem weiteren Fahrdienst leider nicht möglich. Dementsprechend ist es uns nicht möglich, mit Ihnen einen Vertrag über Fahraufträge zu schließen.

Mit freundlichen Grüßen vom Allgäu Airport

Kapitel 6   *Nachtfahrten bis in die Morgenstunden*

Am Wochenende konnte ich richtig abschalten von den Sorgen, die mir das Unternehmen bereitete. Die Leute waren Freitag- und Samstagnacht wieder in der Stadt unterwegs und brauchten ein Taxi, damit sie auch was trinken konnten. Es folgte eine Fahrt auf die andere. Von einem Dorf ins nächste – von einer nächstgelegenen Stadt in die andere. Man kann fast sagen, das Geld floss in Strömen. In einer Nacht musste ich eine dumme Erfahrung mit einem Fußgänger machen. Er tappte absichtlich, wahrscheinlich betrunken, an einer engen Straße auf der Mitte der Straße hin und her und ließ mich nicht vorbeifahren. Das ging etwa 10 Minuten so, bis einer meiner Fahrgäste sagte: Halt an, den mach ich platt. Ich hatte nebenbei mitbekommen, dass der Fahrgast sogar Boxer war. Er schlug den Störenfried mit einem Fausthieb schnell auf die Straßenseite, sodass ich vorbeifahren konnte. Die anderen Fahrgäste machten sich dann noch Sorgen, ob er vielleicht zu stark zugeschlagen hatte. Egal, sagte der Boxer, der hat es verdient.

Nachdem ich dann noch ein paar Stadtfahrten erledigt hatte, sollte ich einen Puffgänger zur nächstgelegenen Stadt ins Puff bringen. Memmingen hat kein eigenes Bordell, da für so etwas mindestens 50.000 Einwohner vorhanden sein müssen; Memmingen hat nur etwa 40.000 Einwohner. In dem Bordell wurden mein Fahrgast und ich dann wunderbar empfangen. Der Fahrgast verschwand mit einer Nutte und ich bekam ein Freigetränk an der Bar. Nach der weiten Fahrt konnte ich ruhig mal eine Pause einlegen. Manchmal bekommt man sogar 10,– Euro vom Chef, wenn man einen Kunden in sein Puff bringt. Bei der Rückfahrt musste ich noch an einer Tankstelle halten und der Fahrgast gab mir noch eine Brotzeit aus. Bei ihm zu Hause schenkte er mir zusätzlich noch 5,– Euro fürs Fahren. Die Fahrt hatte sich gelohnt.

In der Früh um 6.00 Uhr ist aber dann meistens noch nicht Schluss. Es rufen dann noch die ganzen Diskothekenbesucher an, die jetzt um 6.00 Uhr oder 7.00 Uhr nach Hause wollen.

Kapitel 7   *Ende des Fahrservice Schubert*

Trotz der Tatsache, dass das Geschäft an den Wochenenden gut lief, musste ich der Wahrheit ins Auge sehen. Ich hatte bis zum Jahresende keine Versteigerungsfahrten, die ich von den Krankenkassen immer bekam, und keine regelmäßigen Fahrten zu weiter weg gelegenen Orten. Mein drittes Fahrzeug wurde so gut wie gar nicht mehr benutzt. Das zweite Auto brauchte ich nur noch am Wochenende. Werbebriefe an große Firmen brachten auch nicht mehr die Aufträge, die ich gebraucht hätte, um weiterzumachen. Es tat mir sehr weh, mich dazu zu entschließen, meinen Fahrservice Schubert zu beenden. Vor der Abmeldung meines Geschäfts hatte ich noch eine Rekordfahrt von Memmingen nach Hockenheim, ich musste für eine Memminger Firma ein kleines Paket liefern, einfache Fahrt 6 Stunden. Das bereitete mir noch etwas Spaß, aber mit meiner Firma ging es dem Ende zu. Laufende Rechnungen, wie Versicherungsbeiträge für die Fahrzeuge, die Steuer für meine Wagen, der Krankenversicherungsbeitrag für mich, wurden auch in schlechten Zeiten jeden Monat abgebucht, und ich musste ja auch von irgendetwas leben. Ich ging also zum Gewerbeamt und meldete meinen Fahrservice ab und meldete mich zusätzlich beim Arbeitsamt arbeitslos. Ich wollte zum Schluss einfach nicht begreifen, dass in einer Kleinstadt mit 40.000 Einwohnern nicht genug Auftraggeber vorhanden waren, damit ich mein Geschäft hätte weiterführen können.

Kapitel 8   *Die psychische Krankheit kommt*

Nun stand ich nach beendeter Selbstständigkeit und nach einer zu Bruch gegangenen Beziehung ganz schön einsam und arbeitslos da. Die damalige Freundin wollte einen Freund mit Arbeit, und Arbeit hatte ich am Ende meines Geschäfts nicht mehr.

Der Kontakt zu den Eltern und zur Verwandtschaft war abgebrochen, auch deswegen, weil meine Freundin mit meiner Verwandtschaft nichts zu tun haben wollte. Ich ließ mich hierbei von meiner Freundin mitreißen, ich meldete mich nicht einmal mehr bei meinen Eltern. Meinen Vater ließ ich ausnahmsweise etwa im Oktober 2007 zu Besuch in meine Wohnung. Wir wechselten ein paar Worte. Er bemerkte beim Besuch, dass es mir nicht mehr so gut ging wie sonst. Da er ja nicht mehr an mich herankam, drohte er mir an, dass, wenn ich nicht mehr zum Essen zu ihm nach Hause kommen würde, er *anders* vorgehen würde. Ich verstand das damals nicht, und ich verabschiedete mich von ihm. Meine Schwester stand einige Tage später vor meiner Tür, aber ich öffnete nicht. Ich hatte auch immer eine Begründung für solche Dinge. Sie war: Den Freund meiner Schwester mochte ich nicht. Mit meiner Schwester kam ich vor der Geschichte immer sehr gut aus. Ich glaube, sie hat es mir heute verziehen.

Was mein Vater feststellte, stimmte, mir ging es nicht mehr so gut. Auch deswegen, weil ich seit August 2006 ein Medikament weggelassen habe, das ich aber gegen meine chronische psychische Erkrankung dringend brauchte. Es hätte damals eigentlich kein Problem gegeben, das Medikament weiter zu nehmen, aber meine Freundin, die ich zu der Zeit hatte, und ihre Mutter (Allgemeinärztin) rieten mir, das Medikament nicht mehr zu nehmen, da ich es nicht bräuchte.

Ich hatte nun viel Zeit für private Angelegenheiten, ich war ja arbeitslos. Ein Fahrzeug besaß ich zu der Zeit noch. Ich beschloss spontan, nach Österreich umzuziehen, da mich in meiner Heimatstadt sowieso nichts mehr hielt. Ich lud also in mein Auto all die Sachen ein, die ich noch so brauchen konnte, und fuhr einfach drauflos. Das Ziel war Wien, da ich schon einmal dort war und mir die Stadt ganz gut gefiel. Ich hatte Spaß am Fahren und drehte die Musik voll auf. Als ich etwa nach 11 Stunden in der Hauptstadt ankam, kam plötzlich die Ernüchterung, wo ich eigentlich hinsollte, sprich, wer an mich jetzt zur späten Abendstunde noch eine Wohnung vermieten könne. Ganz schnell musste ich einsehen, dass eine Wohnung rasch und als Arbeitsloser nicht zu bekommen war. Eine Einsicht, die viel zu spät kam. Normalerweise hätte ich nicht 11 Stunden Fahrtzeit auf mich genommen, um erst dann einmal richtig nachzudenken, ob das überhaupt Sinn macht. Was überraschend war, dass ich beim Autofahren über eine große Ausdauer verfügte, so fuhr ich problemlos und ohne Pause nach Hause zurück.

Ohne etwas Produktives zu tun, verbrachte ich mindestens zehn Stunden am Tag vor dem Nachrichtensender CNN, der damals noch ohne Decoder-Gerät ausgestrahlt wurde. Ich ging kaum noch raus, höchstens wenn ich mir was zu essen kaufen musste, und das war meistens nicht sehr oft. In der Zeit, in der ich mich so in meiner Wohnung abgeschottet hatte, habe ich einige Kilo abgenommen. Total vereinsamt und ohne Zukunftsaussichten hockte ich herum. Mir kam das alles aber damals nicht so extrem vor, wie es wirklich war.

Ein von meinem Vater beauftragter Psychiater läutete eines Tages bei mir. Ich sah ihn durchs Fenster und ließ ihn nicht herein. Ich hatte die Vorahnung, dass er mich zu Gesprächsterminen überreden würde und dass ich wieder ein Medikament nehmen sollte. Das wollte ich absolut nicht. Auch ein von der Stadt beauftragter Sozialarbeiter wurde zu mir geschickt, um mich über meinen aktuellen Zustand zu befragen. Diesmal öffnete ich versehentlich die Wohnungstür. Ich schickte ihn aber, ohne ihn zu Wort kommen zu lassen gleich wieder weg. Wieder hatte ich Angst, zum Arzt gehen und Medizin nehmen zu müssen. Was ich nicht wusste, es lief bereits ein Betreuungsverfahren gegen mich, von meinem Vater aus Sorge um mich in Auftrag gegeben. Was folgte, waren jetzt auch gleich drei Termine, etwa im November 2007 im Klinikum Memmingen bei einer Psychiaterin und Gutachterin zur Erstellung eines Gutachtens fürs Amtsgericht, das dem Richter bei der Betreuungserteilung behilflich sein sollte. Diese Termine und zu wissen, dass ich vielleicht einen Betreuer zur Erledigung meiner Angelegenheiten bekommen würde, wirkten sich sehr belastend auf mich aus. Ich fühlte mich, mehr als andere in meiner Situation wahrscheinlich, zu Unrecht bestraft. Außerdem wollte ich ja meine Ruhe, um wieder Kraft für etwas Neues zu haben, und dann so etwas. In dem Zustand, in dem ich zu der Zeit war, hätte ich aber niemals eine Arbeit finden und zur Arbeit gehen können. Auch Freunde hätte ich so nicht finden können. Ich lud zwar einen Freund, den ich früher hatte, aus freien Stücken einmal zu mir ein. Der behauptete aber dann gleich: Du kannst keinen klaren Gedanken mehr fassen. Er nahm es mir aber nicht übel, was vielleicht zu erwarten gewesen wäre. Nur blieb es halt bei diesem einen Treffen.

Da ich das Verfahren gegen mich nicht wahrhaben wollte, rief ich persönlich beim Amtsgericht Memmingen an und vereinbarte einen Gesprächstermin beim zuständigen Richter. Diesen bekam ich und ich sprach bei dem Richter vor. Nach einigen Worten kam der Richter schon zu der Erkenntnis, dass ich ja einen freien Willen bilden könnte, also eigentlich kein Betreuer nötig wäre. Was ich aber hier noch erwähnen möchte, ist, dass ich damals gute und schlechte Tage hatte und eine Behandlung schon wichtig für mich gewesen war. An diesem Tag hatte ich einen guten Tag. Der Richter gab mir die Privattelefonnummer der Gutachterin und Ärztin, was, glaube ich, nicht üblich war. Ich könnte dann noch mal mit ihr darüber reden, warum aus ihrer Sicht eine Betreuung so wichtig war. Am gleichen Abend rief ich bei der Gutachterin an, und ihr Mann ging ans Telefon, der Chefarzt vom Klinikum Memmingen. Ich sagte zu ihm: Was macht Ihre Frau denn für einen Mist. Sie wäre lieber mal bei mir Taxi gefahren. Zur Antwort bekam ich: Wir lassen uns da jetzt nicht behelligen. Von mir war das natürlich total überzogen und es kam kein vernünftiges Gespräch zustande.

Gegen das Betreuungsverfahren wehrte ich mich weiterhin, indem ich im Dezember 2007 schriftlich Widerspruch beim Landgericht einlegte. Hierbei ist eine bestehende leichte psychische Erkrankung schon zu erkennen.

Betr.: Einspruch gg. Amtsgerichtsbeschluss Nr. …

Sehr geehrte Herren,

hiermit lege ich Einspruch gegen den Bescheid vom Amtsgericht ein.

Ich wusste nicht, dass ein bestellter Betreuer sofort nach Richterspruch wirken darf, ohne Abwarten des Einspruchs. Ich wusste nicht, dass es beim Landsgericht keinen Familienrichter gibt, deswegen wurde mein Einspruch fehlgeleitet.

Seit 01. August 07 versuchte ich, meinen Fahrservice nach Wiedereröffnung weiterzuführen. Leider sprach sich herum (Sparkasse, Kunden …), dass ich einen Betreuer habe. Dies hat mir seit Neueröffnung sehr geschadet, ich bekam weniger Aufträge von Krankenkassen, am Wochenende fuhren nur noch wenige mit dem Fahrservice Schubert.

Am 06. Dezember 07 beendete ich den Fahrservice.

Beim Arbeitsamt bin ich arbeitslos und arbeitssuchend gemeldet, das Arbeitslosengeld ging bereits auf meinem Konto ein.

Der Umzug in eine günstige Wohnung ist schon organisiert, die letzte Miete wurde von mir bezahlt und es bestehen keine Unstimmigkeiten mit meinem Vermieter, Herrn Steuerberater …

Weswegen benötige ich einem Betreuer? Damit er mir sagt, was ich morgen essen soll, oder damit eine weitere Person beschäftigt ist, unnötig.

Zum Schreiben von Fr. ..., Frau der Oberarztes ..., der mich vor 11 Jahren behandelte. Das Schreiben ist maßlos übertrieben. Übrigens fand das Gutachtengespräch an 2 Tagen in der geschlossenen Anstalt im Klinikum MM statt. Für ein Gegengutachten habe ich leider kein Geld (Kosten ca. 2000 Euro).

Mit meinem Rechtsanwalt Herrn ... bin ich auch schon zu dem Entschluss gekommen, dass der Richter ... eben so entschieden hat, dass ihm nichts passieren kann.

Abschließend noch eines, das ist der Dank für 2 Jahre Unternehmertätigkeit, es wurden 3 Teilzeitkräfte beschäftigt (jeder machte extra den Taxischein), Bemühens, günstige Preise für Krankenkassen und unzählige Fahrgäste an den Wochenenden.

Da die Weiterführung meines Fahrservices sowieso keinen Sinn mehr macht, habe ich mich beim Arbeitsamt gleich arbeitslos und arbeitssuchend gemeldet.

Da ich keinerlei Unterstützung vom Klinikum, den Krankenkassen, dem Allgäu Airport usw. bekam und mein Kreditrahmen bei der Sparkasse bereits am Limit ist, war dies die einzige Lösung.

Sollten Sie der Meinung sein, mir einen Betreuer anzuhängen, und ich deswegen den Anspruch auf die Taxikonzession verliere, werde ich unverzüglich in eine andere Stadt umziehen.

Seien Sie sich aber sicher, dass eine solche gerichtliche Aktion gegen mich nicht unvergessen bleiben wird. Ich verbleibe

mit freundlichen Grüßen
Bernd Schubert

Anlage
Schreiben vom Bundeskanzleramt mit Antwort

Sie können mich gerne zu einem Gespräch einladen. Ich bin weder vorbestraft, gewalttätig, aggressiv, brauche keine Medikamente für so etwas. Gerne würde ich die Sache klären, es geht mir hier um Gerechtigkeit.

2 Monate nach diesem Widerspruch erhielt ich von drei Richtern des Landgerichts Memmingen dann den Beschluss, der die Begründungen der Richter beinhaltete. Außerdem wurde in dem Beschluss aufgeführt, dass die Richter zu dem Entschluss kamen, dass mein Widerspruch ohne Anhörung zurückgewiesen wird.

Im November 2007, zu der Zeit, als die Gutachten erstellt wurden, beauftragte ich einen Rechtsanwalt, der mir von meinem Steuerberater empfohlen wurde, mit der Weiterbearbeitung des Betreuungsverfahrens. Beim ersten Gespräch mit ihm konnte auch er, wie der Richter beim Amtsgericht, nicht feststellen, warum ich einen Betreuer bräuchte. Unglücklicherweise machte ich auch bei ihm einen so guten Eindruck, sodass es den Streitfall nur unnötig in die Länge zog. Der Rechtsanwalt schrieb dem zuständigen Amtsgericht, sein Mandant werde von nun an von ihm vertreten und des Weiteren sei sein Mandant völlig gesund. Es kam zum Gerichtstermin, bei dem mein Rechtsanwalt und ich vorsprachen. Das heißt, nur noch ich verteidigte mich gegen die Anschuldigungen der Gutachten, die Gutachten bekam ich vorher per Post zugeschickt. Mein Rechtsanwalt hingegen machte dem Richter klar, dass er sein Urteil, das eine Jahr Betreuung, das der Richter erteilen wollte, für in Ordnung hielt. Beim Nachhausegehen fragte ich meinen Rechtsanwalt noch, warum er nichts unternommen hatte, wobei er mir nur entgegnete, bei *dem* Gutachten. Ich wusste nicht mehr weiter und fühlte mich ungerecht behandelt.

Im Dezember 2007 beauftragte ich einen anderen, meiner Ansicht nach besseren Rechtsanwalt mit der Weiterbearbeitung des Falls. Ich vereinbarte einen Gesprächstermin mit ihm, und da er ein alter Klassenkamerad von mir war, half er mir gleich weiter. Ich unterhielt mich in seinem Büro mit ihm über die Angelegenheit, und auch er, wie der erste Anwalt, war der Meinung, eine Betreuung wäre nicht nötig. Das sprach er auch in seinem Schreiben ans Amtsgericht an, und zwar, dass ich sehr wohl in der Lage wäre, für mich selbst zu sorgen, da ich mich selbst um eine günstigere Wohnung kümmerte, und dass ich beim Arbeitsamt Hartz IV schon beantragt und bewilligt bekommen hatte. Das half aber am Ende alles nichts, da ich bei der Gutachterin und beim Richter nicht glaubhaft als gesund galt. Die Betreuung für mich wurde für ein Jahr errichtet.

Mein Vater war mir beim Umzug von der damals teuren Wohnung in die Dachgeschosswohnung bei ihm behilflich. Ich war ihm sehr dankbar, dass er mich noch mal bei sich aufnahm. Im Jahr 2008 unternahm ich wieder mehr mit meinen Freunden und war auch bei meiner Familie wieder angesehen. Mit einem Kumpel reiste ich an Ostern an den Gardasee. Dort waren wir früher schon jedes Jahr einmal. Ab und an unternahm ich mit meinem Freund auch wieder kleine Fahrradtouren. Alles schien wieder in Ordnung zu sein. Bis auf das eine, ich war das ganze Jahr arbeitslos. Vom Arbeitsamt bekam ich Ende des Jahres eine Arbeitsbeschaffungsmaßnahme auferlegt, aber außer dieser hatte ich arbeitsmäßig nicht viel zu tun. Wie im alten Jahr schrieb ich auch 2009 noch Bewerbungen an Banken und Industriebetriebe, aber ohne Erfolg. Mein Betreuer meinte dann eines Tages, dass es besser für mich wäre, in Rente zu gehen. Dann hätte ich keinen Druck mehr vom Arbeitsamt, und außerdem würde ich beim heutigen Arbeitsmarkt sowieso keine Arbeit mehr bekommen. Ich hatte dann einen Termin bei einem Amtsarzt, von der Rentenversicherung beauftragt. Der versicherte mir sofort, das mit der Rente wäre kein Problem. Also war ich von nun an in der gesetzlichen Rente.
Glücklicherweise ergatterte ich einige Zeit zuvor eine geringfügige Beschäftigung als Taxifahrer bei einem Unternehmer, der Verständnis für meine Erkrankung hatte. Von nun an durfte ich für 400,– Euro Taxi fahren. Dazu

noch die gesetzliche Rente, das genügte mir zum Leben. Die Betreuung für mich wurde um ein Jahr verlängert, weil noch nicht ganz klar war, ob ich schon richtig gesund war.

Kapitel 9 *Wiederinkraftsetzung der Lebensversicherung*

Nur gut, dass es zu dieser Verlängerung gekommen war, weil ich den Betreuer nun für eine Sache ganz dringend brauchte. Während meiner Selbstständigkeit löste ich meine Lebensversicherung wegen finanzieller Schwierigkeiten auf. Mir kam in den Sinn, dass ich das ja unter Krankheitseinfluss getan hatte. Also rief ich den Betreuer an. Ich erzählte ihm von der Auflösung und teilte ihm mit, dass ich damals ja krank war. Mein Betreuer sagte gleich: Na gut, dann muss der Psychiater nur der Versicherungsgesellschaft die Krankheit bestätigen, dann wird Ihre Lebensversicherung wieder in Kraft gesetzt. Darüber freute ich mich riesig. Es bestand also Hoffnung. Leider bekam ich schon bald von der Rechtsanwältin, die der Betreuer beauftragt hatte, die Nachricht, dass ein Vorgehen gegen die Versicherung nicht erfolgreich sein wird. Daraufhin war ich erschüttert. Ich bekam von der Versicherung zusätzlich eine Berufsunfähigkeitsrente in Höhe von 450,– Euro monatlich, die nun für immer verloren war.

Ich recherchierte im Internet, indem ich in einem speziellen Forum fragte, ob es möglich ist, eine aufgelöste Lebensversicherung wieder in Kraft zu setzen, auch wenn man nicht so richtig beweisen kann, dass man zur Zeit der Auflösung krank war. Ich ging zu der Zeit zu keinem Psychiater, also konnte niemand meine Krankheit bestätigen. Die Antworten in diesem Forum waren teilweise hilfreich. Ein unbekannter Schreiber meinte, ich müsse irgendwie beweisen, dass zu der damaligen Zeit eine Krankheit vorlag. Ich mailte ihm, ob es nicht reiche, wenn der Psychiater Entsprechendes der Versicherung mitteilen würde, ohne mich in der Zeit behandelt zu haben. Ich bekam zur Antwort, ich könnte es probieren, die Hoffnung sterbe ja bekanntlich zuletzt. So dachte ich weiter. Eine Bestätigung meines Psychiaters, der mich zu der Zeit der Auflösung nicht behandelte, würde nicht viel bringen. Was aber vorhanden war, war die Antwort meines Widerspruchs beim

Landgericht wegen der Betreuungserteilung. In dieser Antwort bestätigten mir drei Richter vom Landgericht, dass einige Handlungen damals von mir als krank anzusehen waren. Auch, dass ich die Bundeskanzlerin mit dem Zurückgehen der Aufträge meines Unternehmens durch mein Schreiben an sie beschäftigte.

Das Schreiben an die Bundeskanzlerin hatte ich zum Glück aufgehoben. Mit diesen beiden Schriftstücken ging ich zu der Rechtsanwältin, die mein Betreuer für mich ausgesucht hatte.

Sie sagte mir zwar, andere würden der Bundeskanzlerin auch schreiben, aber versuchen können wir es. Die Aktion war von Erfolg gekrönt. Nachfolgend die Schreiben, die nötig waren, um meine Lebensversicherung wieder in Kraft zu setzen.

Schubert / Versicherungsgesellschaft

Sehr geehrter Betreuer,

in vorbezeichneter Angelegenheit haben wir die von Ihnen hereingereichten Gutachten von Frau Dr. ... gesichtet.

In dem für uns maßgeblichen Zeitpunkt 18./19.08.2007, zu dem die Kündigung der Berufsunfähigkeitsversicherung ausgesprochen wurde, wurde Herr Schubert mehrfach von Frau Dr. ... begutachtet, so unter anderem am 10.08.2007 und 16.08.2007.

Wie dem uns vorliegenden Gutachten vom 18.10.2007 entnommen werden kann, war Herr Schubert zu diesen Zeitpunkten nach dem psychopathologischen Befund wach, bewusstseinsklar, allseits orientiert. Das formale Denken war geordnet, die amnestischen Funktionen, Konzentration waren unauffällig (Seite 36).

Insgesamt kam Frau Dr. … für den betreffend die Beurteilung des Vorliegens von Geschäftsunfähigkeit relevanten Zeitraum im August 2007 zu dem Ergebnis, es sei zwar aufgrund der aktuellen Befunde wie auch der Vorgeschichte aus gutachterlicher Sicht eine psychiatrische Behandlung indiziert, allerdings seien die medizinischen Voraussetzungen nicht bzw. noch nicht gegeben, um eine Betreuung gegen den Willen des Betroffenen zu errichten (Seite 40).

Da für das Vorliegen von Geschäftsunfähigkeit hohe Anforderungen gestellt werden, wir hierfür beweisbelastet sind, sehen wir aufgrund dieses eindeutigen Gutachtens keine Möglichkeit, den Nachweis zu erbringen, dass Herr Schubert tatsächlich im August 2007 bei Kündigung des Versicherungsvertrages geschäftsunfähig war. Im Rahmen eines gerichtlichen Verfahrens würde auf das Gutachten von Frau Dr. … zurückgegriffen werden, welches eindeutig klarstellt, dass Geschäftsunfähigkeit nicht gegeben war. Weitere ärztliche Gutachten liegen uns nach unseren Informationen ebenso wenig vor wie Stellungnahmen anderer behandelnder Ärzte für den relevanten Zeitraum. Aufgrund des eindeutigen gutachterlichen Befundes kann auch nicht davon ausgegangen werden, dass sich ein Gericht durch Aussagen beispielsweise des Vaters von Herrn Schubert oder Herr … von der Stadt Memmingen in Abweichung von dem Gutachten von Frau Dr. … von einer vorliegenden Geschäftsunfähigkeit überzeugen lassen würde.

Mangels Erfolgsaussichten raten wir daher von einem weiteren Vorgehen gegen die Versicherungsgesellschaft ab.
Für Rückfragen stehen wir jederzeit zur Verfügung.

Für eine Abrechnung unserer Tätigkeit dürfen wir noch um Beibringung eines Beratungshilfescheines sowie um Einzahlung von 10,00 Euro Beratungshilfegebühr bitten.

Mit freundlichen Grüßen
Rechtsanwältin

Schubert Bernd / Versicherungsgesellschaft
Lebensversicherung

Sehr geehrte Damen und Herren,

hiermit zeigen wir an, dass wir Herrn Bernd Schubert, Erfurter Str. 81, 87700 Memmingen, vertreten durch den Betreuer, anwaltschaftlich vertreten. Eine Kopie einer auf uns lautenden Vollmacht sowie eine Kopie des Betreuerausweises werden diesem Schreiben in der Anlage beigefügt.

1.
Unser Mandant ist Versicherungsnehmer und versicherte Person des Versicherungsscheins Nr. ..., einer Versicherung auf den Todes- und Erlebensfall und Berufsunfähigkeits-Zusatzversicherung.

2.
Unser Mandant leidet seit dem Jahr 1996 an einer schizoaffektiven Psychose, welche psychiatrisch-pharmakologisch behandlungsbedürftig ist, was unser Mandant selbst aber krankheitsbedingt nicht in der Lage ist einzusehen. Unser Mandant ist nicht in der Lage, seinen Willen frei von Krankheitseinflüssen zu bilden.
Aufgrund der bestehenden Psychose und der damit einhergehenden fehlenden Behandlungseinsicht wurde unser Mandant mit Beschluss des Amtsgerichts Memmingen vom 30.01.2008 unter Betreuung gestellt.
Unser Mandant ist nicht in der Lage, seine Angelegenheiten in den Bereichen Aufenthaltsbestimmung, Gesundheitsfürsorge, Vermögenssorge, Entscheidung über die Unterbringung sowie die Entscheidung über unterbringungsähnliche Maßnahmen selbst wahrzunehmen, insbesondere beeinflussen die ohne medikamentöse Behandlung eintretenden wahnhaften Symptomatiken und die damit einhergehenden Beziehungs- und Beeinträchtigungsideen auch sein wirtschaftliches Handeln nachteilig. Er leidet krankheitsbedingt ferner unter Verfolgungsideen wie auch einer Rückzugstendenz.

Zum Nachweis der Erkrankung unseres Mandanten fügen wir den Beschluss des Landgerichts Memmingen vom 20.02.2008, mit dem die Beschwerde des Betroffenen gegen die Bestellung des Betreuers zurückgewiesen wird, anbei.

Ebenfalls legen wir beispielhaft vor das Schreiben unseres Mandanten an das Bundeskanzleramt, zu Händen Frau Bundeskanzlerin Angela Merkel, mit welchem er die Bundeskanzlerin betreffend seiner zurückgehenden Aufträge im Rahmen des von ihm betriebenen Taxiunternehmens zu befassen trachtete.

Vor dem Hintergrund der bereits im Jahr 1996 erstmals aufgetretenen und diagnostizierten schizoaffektiven Psychose ist davon auszugehen, dass unser Mandant insbesondere auch bei Ausspruch der Kündigung des Versicherungsvertrages im August 2007 geschäftsunfähig gemäß § 104 Nr. 2 BGB, da in einem die freie Willensbildung ausschließenden Zustand krankhafter Störung der Geistestätigkeit befindlich, war.

3.

Nach den uns vorliegenden Unterlagen wurden unserem Mandanten aus der vorbezeichneten Versicherung bereits im Jahr 1996/1997 Leistungen aufgrund bestehender Berufsunfähigkeit gewährt.

4.

Namens und Auftrags unseres Mandanten fordern wir Sie auf,

ab sofort

unserem Mandanten Leistungen aus der vorbezeichneten Lebensversicherung mit Berufsunfähigkeits-Zusatzversicherung zu gewähren.

Wie bereits aus den vorliegenden Unterlagen hervorgeht, ist unser Mandant zu 100 % berufsunfähig. Zeitgleich wurde vom Betreuer unseres Mandanten auch die Gewährung der gesetzlichen Rente aufgrund Berufsunfähigkeit be-

antragt. So uns ein entsprechender Bescheid vorliegt, werden wir diesen an Sie weiterleiten.

Als Frist für eine Stellungnahme haben wir uns den

15.05.2009

notiert.

Für Rückfragen stehen wir jederzeit zur Verfügung und verbleiben,

mit freundlichen Grüßen
Rechtsanwältin

Betr.: Fachärztliche Stellungnahme
Herrn Bernd Schubert, geb. 16.04.1977

Herr S. befindet sich seit Februar 2002 in meiner ambulanten fachärztlichen Behandlung. Die Therapie erfolgte zunächst sehr regelmäßig bis August 2006. Am 11.08.06 fand der letzte Untersuchungstermin statt, in der Folge wurden keine weiteren Termine von Herrn S. wahrgenommen, am 27.10.06 erfolgte lediglich nochmals die Rezeptierung der Dauermedikation in einer für maximal 2 Monate ausreichenden Menge.
Im Jahr 2007 suchte Herr S. mich nicht auf. Im Juni 2007 teilte der Vater mit, dass sich das Zustandsbild im Laufe einiger Wochen wieder deutlich verschlechtert habe, der Patient sei sehr misstrauisch, fühle sich von Nachbarn verfolgt, habe offensichtlich schon länger keine Medikamente mehr eingenommen. Schließlich habe er sich völlig zurückgezogen, er habe Kontakte abgelehnt, sei seinen Verpflichtungen (z.B. Schuldentilgung) nicht mehr nachgekommen. Ich führte daraufhin am 19.06.07 einen Hausbesuch bei Herrn S. durch. Nach meinem Klingeln an der Haustür erschien Herr S. kurz im Hausflur vor seiner

Wohnungstür, als er mich erblickte, verschwand er wieder in der Wohnung und reagierte nicht mehr auf mein Klingeln. Auch auf ein Anschreiben meinerseits reagierte Herr S. nicht. Am 23.07.07 teilte der Vater von Herrn S. mir nochmals mit, dass das Zustandsbild sich weiterhin verschlechtert habe, Herr S. spreche mit niemandem mehr, kümmere sich überhaupt nicht mehr um seine finanziellen Angelegenheiten. Von meiner Seite erfolgte daraufhin die Empfehlung der Einleitung eines Betreuungsverfahrens.

Wie geschildert habe ich Herrn S. im August 2007 weder persönlich noch telefonisch gesprochen und insofern keinen aktuellen psychopathologischen Befund erhoben, der die Geschäftsunfähigkeit belegen könnte. Aufgrund der fremdanamnestischen Angaben und des Verhaltens des Patienten ist jedoch davon auszugehen, dass Herr S. im August 2007 (und in den Wochen zuvor) unter einer akuten psychotischen Episode im Rahmen der bei ihm bekannten schizoaffektiven Psychose litt. Die Erkrankung führte im Folgenden auch zur stationären Unterbringung von Herrn S. im Januar 2008 aufgrund eines Beschlusses des Amtsgerichtes Memmingen.

Psychiater

Schubert / Versicherungsgesellschaft

Sehr geehrter Betreuer,

anliegendes Schreiben der Versicherungsgesellschaft erhalten Sie mit der Bitte um Kenntnisnahme.

Mit freundlichen Grüßen
Rechtsanwältin

Lebensversicherung
Anerkennung der Leistungspflicht
– Berufsunfähigkeits-Zusatzversicherung –

Sehr geehrte Damen und Herren,

Sie haben am 30.04.09 Leistungen aus der Lebensversicherung angeschlossenen Berufsunfähigkeits-Zusatzversicherung beantragt.

Nach den uns vorliegenden ärztlichen Unterlagen erkennen wir gemäß § 2 Abs. 2, 1 Abs. 2 der Bedingungen für die Berufsunfähigkeits-Zusatzversicherung bis auf Weiteres vollständige Berufsunfähigkeit an. Dadurch entfällt nach diesen Versicherungsbedingungen (§ 1) ab 01.04.09 die Verpflichtung zur Beitragszahlung. Ab dem genannten Zeitpunkt zahlen wir bis auf Weiteres auch eine vierteljährliche Rente.

Der Anspruch auf die versicherten Leistungen erlischt, wenn die Berufsunfähigkeit wegfällt, spätestens bei Fälligkeit der Versicherungssumme bzw. Ablauf der Beitragszahlungsdauer. Bitte teilen Sie uns eine erneute Berufsausübung sofort mit.

Die Höhe der Berufsunfähigkeitsrente sowie einen eventuell angefallenen Nachzahlungsbetrag können Sie aus folgender Abrechnung ersehen.

Abrechnung
Die Jahresrente beträgt 24 % der beitragspflichtigen Versicherungssumme, das sind 5285,00 EUR, zahlbar vierteljährlich im Voraus, also mit 1321,25 EUR.

anteilige Rente vom 01.04.09 bis 01.06.09	*880,83 EUR*
viertelj. Rente vom 01.06.09 bis 01.12.09	*2.642,50 EUR*
Bewertungsreserve BUZ einmalig	*9,33 EUR*
Auszahlung	*3.532,66 EUR*

Anbei erhalten Sie einen Nachtrag zu Ihrem Versicherungsschein.

Mit freundlichen Grüßen
Versicherungsgesellschaft

**Nachtrag zum
Versicherungsschein**

Ab 01.04.09 hat Ihr Vertrag folgenden Inhalt:

Versicherungsnehmer *Bernd Schubert*	*Versicherungssumme* *22.020 EUR*
Versicherte Person *Bernd Schubert*	*Unfallzusatzsumme* *22.020 EUR*
geboren am *16.04.1977*	*Beginn der Versicherung* *01.09.1993 (12 Uhr)*
	Ablauf d. Beitragszahlung *01.09.2037*
	Ablauf d. Versicherung *01.09.2037 (12 Uhr)*

Tarifbeschreibung
Versicherung auf den Todes- und Erlebensfall und Berufsunfähigkeits-Zusatzversicherung
Die Versicherungssumme wird bei Tod der versicherten Person, spätestens beim vereinbarten Ablauf der Versicherung fällig.
Die Beiträge sind bis zur Fälligkeit der Versicherungsleistung zu zahlen.

ausgefertigt am
20.10.2009

Versicherungsgesellschaft

Kapitel 10 *Trennung von den Eltern und Umzug in eine*
andere Stadt

Es war nicht leicht, im Alter von 33 Jahren auf so engem Raum mit den Eltern zusammenzuleben. Ich hatte zwar meine eigene Dachgeschosswohnung, aber wir gingen uns immer häufiger auf die Nerven. Ende 2010 fand ich auf der Internetseite eines Kuriers von einer Stadt, in die ich gerne ziehen wollte, da ich dort auch meine Freunde hatte, eine freie Wohnung. Es war etwa halb acht Uhr abends und ich rief die angegebene Telefonnummer an. Eine sehr nette Frau meldete sich und sagte mir, ich könne jetzt noch zur Wohnungsbesichtigung vorbeikommen. Ich sagte sofort zu, da ich Angst hatte, dass die Wohnung sonst anderweitig vergeben wird. Ich eilte zum Bahnhof, ein Auto hatte ich nicht, doch der nächste Zug fuhr erst viel später. Es war gerade ein Taxi frei, also stieg ich ein und ließ mich in die Stadt fahren, in die ich ziehen wollte. Bei der Mieterin angekommen, besichtigte ich die Wohnung und sie gefiel mir recht gut. Sie war ausreichend groß und ein Balkon war auch dabei. Die Mieterin sagte: Wenn Sie die Küche abnehmen, können Sie die Wohnung haben. Sie klärte das Ganze am nächsten Tag mit dem Vermieter ab, und ich bekam die Wohnung.

Es ging gleich gut los in der neuen Wohnung, ich lud meine ganzen Freunde ein und wir feierten bis in die Nacht hinein. Ich hatte Abwechslung, ab und an fuhr ich mit dem Zug in die Stadt, in der ich vorher gewohnt hatte, und fuhr dort Taxi. Ich kam aber nicht ganz davon los, mich um die Schadensersatzklage zu kümmern, mit der ich voriges Jahr begonnen hatte. Mein Ziel war es, im März 2011 den Betreuer loszubekommen und die damit verbundene Medikamenteneinnahme, vom zuständigen Arzt bestimmt, loszubekommen. Dieses Medikament gab mir aber Sicherheit und ohne dieses Medikament würde es mir schlecht gehen. Das wollte ich damals nicht wahrhaben. Also arbeitete ich darauf hin, ohne Betreuer und damit ohne

Medikament weiterzumachen. Die Zeit war gekommen und der zuständige Arzt bestätigte dem Amtsgericht mit einem vorerst letzten Gutachten, dass keine Betreuung mehr nötig wäre.

So kam es nach einiger Zeit dazu, dass die Mieter, die über mir wohnten, mich in meiner Ruhe störten. Was ich auch heute noch sicher behaupten kann, es war fast jeden Tag und jede Nacht laut durch Trampeln und rücksichtsloses Geräuschemachen der Mieter über mir. Der Hausverwaltung faxte ich, dass ich mit der Ruhestörung nicht zurechtkomme und auch nachts deswegen nicht mehr schlafen könne. Ich bekam keine Antwort. Auch telefonisch war der Zuständige der Hausverwaltung nicht zu erreichen. Ich beschwerte mich persönlich bei den Ruhestörern und bat um Ruhe, aber diese entgegneten mir nur patzig, sie seien das nicht und ich solle doch zur Polizei gehen. Dies war in der Tat das Einzige, was mir noch übrig blieb. Ich sprach einige Male bei der örtlichen Polizei vor und zweimal kamen sie sogar ins Haus, um sich von der Lage zu überzeugen. Dummerweise waren die Nachbarn immer dann ruhig, wenn die Polizei im Haus war, und es konnte nichts festgestellt werden. Ich zeigte den Polizisten die Hausordnung, in der stand, dass ab 22 Uhr Ruhe sein muss. Ruhezeiten galten auch mittags. Die Nachbarn hielten sich nicht daran. Die Polizisten sagten mir, ich solle das Landratsamt anschreiben. Das tat ich dann auch, aber ich bekam keine Antwort. Dann kam es dazu, dass ich in der Wohnung einfach nicht mehr wohnen wollte. Ich schaute mich wiederum in einer anderen Stadt wegen einer freien Wohnung um, aber ich hatte kein Glück. Ich suchte den ganzen Nachmittag vergeblich in Zeitungen, die in Cafés auslagen. Abends, als es schon dunkel war, machte ich noch einen Nachtspaziergang in der Stadt, in der ich ohne Erfolg eine Wohnung suchte. Dann wurde ich plötzlich wegen Herumstreunens von der Polizei kontrolliert und zum Bahnhof gefahren.
In dieser Umgebung brauche ich keine Wohnung mehr zu suchen, dachte ich mir. Das bringt nichts. Also warum nicht gleich in eine größere Stadt ziehen, wo man vielleicht auf junge Leute trifft, mit denen man etwas un-

ternehmen kann. Ich schaute mir die Großstädte München und Berlin an. In München sprach ich Leute an und fragte sie, wie man am besten an eine günstige Wohnung hier in der Stadt kommen könnte. Später amüsierte ich mich mit ihnen noch in verschiedenen Lokalen. Solche netten Bars und Kneipen gab es da nicht, wo ich herkam. Ich war begeistert. Ich bemühte mich in München um eine Mietwohnung, aber zu einer Vermietung kam es nicht. In Berlin wurde ich auch nicht fündig, auch dort traf ich sehr nette und gesprächige junge Leute. Allein schon die gigantischen Gebäude dort faszinierten mich bei einem Stadtrundgang. Am Ende des Tages nahm ich in Szenekneipen noch ein paar Magazine der Stadt mit, in denen auch Wohnungsgesellschaften inseriert hatten. Von zu Hause aus wollte ich telefonisch bei diesen Gesellschaften wegen einer Wohnung in Berlin nachfragen. Aber auch dort stieß ich auf Ablehnung. Was ich heute noch nicht begreife, ist, warum ich deswegen dann die Kanzlerin angeschrieben habe, aber ich tat es. Wieder einmal. Und ich bekam wieder eine Antwort (nachfolgend das Schreiben sowie die Auflösung der Betreuung).

Umzug nach Berlin

Sehr geehrte Frau Dr. Angela Merkel,

am 18.03.2007 schrieb ich Ihnen wegen meines Taxiunternehmens Fahrservice Schubert. Sie ließen mir antworten, aber es hat nicht mehr geklappt.

Im Anschluss an die Beendigung des Fahrservice Schubert folgten sehr unangenehme Dinge. (Als Anlage beigefügt)

Ein Ulmer Rechtsanwalt, den ich dieses Jahr mit der Verfolgung der Sache beauftragt habe, hat von mir 700,– Euro verlangt, 2 Schreiben gemacht, dann war der Fall erledigt, erreicht wurde nichts. Er meldet sich auch nicht mehr.

Zu meiner Person:

Seit März 2011 nehme ich kein Medikament mehr, ich bin kerngesund und habe ein gutes Wohlgefühl. Im März 2011 bin ich für weitere 2 Jahre in die Rente geschickt worden. Sobald ich eine vernünftige Arbeit, meiner Ausbildung und meinen Fähigkeiten entsprechend gefunden habe, möchte ich wieder arbeiten.

Letzte Woche besuchte ich Berlin, da ich diese Stadt sehr schön finde und da ich dort hinziehen will. Die Leute verhalten sich dort normal und man kann sich gut mit ihnen unterhalten.

Gerne hätte ich eine Wohnung in Berlin-Mitte, auch aufgrund dessen, da ich kein eigenes Auto besitze. Im „Berlin-Mitte-Heft" las ich die Werbung der City-Wohnen Wohnungsgenossenschaft, Linienstraße 111, der Wohnungen Berolina, Sebastianstraße 24 und der Wohnungsgenossenschaft, Mollstraße 13.

Die Wohnungen, die diese 3 Gesellschaften anzubieten haben, sind entweder möbliert oder über 100 qm groß.

Ich habe eigene Möbel und ein Nettoeinkommen von 1000,– Euro. Folglich sind diese Wohnungen nicht brauchbar. Im Internet sind keine vernünftigen Wohnungen vorhanden.

Mit meiner Rente in Höhe von 1000,– Euro kann ich bis zu 650,– Euro Warmmiete bezahlen, die Wohnung sollte mindestens 50 qm groß sein.

Wenn Sie mir einmal helfen, bin ich Ihnen für alle Zeiten dankbar. Eventuell können Sie die Unterlagen an eine kompetente Person weiterleiten.

Mit freundlichen Grüßen
Bernd Schubert

Sehr geehrter Herr Schubert,

Bundeskanzlerin Dr. Angela Merkel hat mich gebeten, Ihnen für Ihr Schreiben vom 14. September 2011 zu danken.

Wenn ich Ihr Schreiben richtig verstehe, möchten Sie nach Berlin ziehen und bitten die Bundeskanzlerin um Unterstützung bei der Wohnungssuche. Leider ist es schon aus zeitlichen Gründen nicht möglich, dass die Bundeskanzlerin in Ihrem Sinne tätig wird.

Das Internet hilft Ihnen da vielleicht mehr. Schauen Sie doch unter

www.null-provision.de/mietwohnung.Berlin/berlin.html

oder einer anderen Internet-Adresse nach. Dort werden auch Wohnungen, die Ihrer finanziellen Vorstellung entsprechen, angeboten.

Die Bundeskanzlerin wünscht Ihnen viel Erfolg bei der Wohnungssuche.

Die eingereichten Unterlagen lasse ich Ihnen wieder zugehen.

Mit freundlichen Grüßen
Bundeskanzleramt

Ärztliches Attest
über
Bernd Schubert, geb. 16.04.1977
zur Vorlage beim Amtsgericht Memmingen

O.g. Patient steht bei mir wegen einer schizoaffektiven Psychose, aktuell leichtes Residuum, in Behandlung. Eine Betreuung ist zum jetzigen Zeitpunkt m.E. beim Patienten nicht erforderlich.

Mit freundlichen Grüßen
Psychiater

Kapitel 11 *Neues Betreuungsverfahren – Weiterführung der*
Schadensersatzklage

Während des Jahres 2011 war ich dann also wieder ohne Medikament. Ich verfasste eine Dienstaufsichtsbeschwerde an den Chef des Landgerichts. Hier bekam ich eine aufschlussreiche Antwort. Ich sollte mich mit einem Rechtsanwalt absprechen, wie weiter vorgegangen werden kann. Zum Verständnis, die Dienstaufsichtsbeschwerde diente der Schadensersatzforderung für die zu Unrecht erteilte Betreuung aus meiner Sicht. Der zweite Rechtsanwalt, der sich schon in der Vergangenheit um das Betreuungsverfahren kümmerte, teilte mir leider mit, dass er mich nach einer Dienstaufsichtsbeschwerde durch mich nicht mehr weiter vertreten wolle. Also musste ein dritter Rechtsanwalt her. Diesmal jemand, der für Familienrecht spezialisiert war. Ich fand so jemanden, der einzige Nachteil war nur, dass ich ihm im Voraus 700,– bis 1000,– Euro für seine Arbeit überweisen musste. Blind wie ich war, tat ich auch das. Es kam zu einem Gespräch und der Anwalt wusste nicht so recht, wo er ansetzen sollte. Will ich gegen die Folgen der Betreuung klagen, also dass ich z.B. aufgrund der Abstufung in die Rente keinen Arbeitsplatz mehr bekommen würde, oder gegen den Betreuer. Er sagte mir, viele kommen zu ihm, weil sie die Rente *nicht* bekommen. Nachdem ich von diesem Rechtsanwalt, er hatte gerade einmal zwei Schreiben verfasst, nichts mehr hörte, wollte ich mich selbst um die Sache kümmern.

Ich schrieb der nächsthöheren Instanz, dem Oberlandesgericht. Nachdem ich vom OLG keine Antwort bekam, rief ich dort an. Ich unterhielt mich mit der Vorsitzenden Richterin über meine Schadensersatzklage. Sie machte mir deutlich, dass ich mich bei meiner Schadensersatzklage an das zuständige Amtsgericht wenden muss. Nun hatte ich einen teuer bezahlten Rechtsanwalt, der sich nicht mehr meldete, und eine geschriebene Dienstaufsichtsbeschwerde, die mir so auch nichts einbrachte. So weit, so gut.

Im Folgenden die Schreiben betreffend der Schadensersatzklage:

Schadensersatzklage / Betreuungsverfahren

Sehr geehrter Herr ..., (Rechtsanwalt beim Bundesgerichtshof)

ich beziehe mich auf unser gemeinsames Telefonat vom 20.01.10, Sie hatten mir damals zugesagt, dass ich mich in der o.g. Angelegenheit nochmals bei Ihnen melden dürfte.
Da die Angelegenheit recht umfassend ist, möchte ich nun auf schriftlichem Wege auf Sie zukommen.

Bei welchen u.g. Punkten kann Schadensersatz verlangt werden?
Weiter ist es mir ein großes Anliegen, die Betreuung aufzuheben.
Können Sie mir hier gleich behilflich sein und entsprechend eingreifen, oder müssen Sie als Bundesanwalt warten, bis die Angelegenheit, nach Beschwerde, nochmals beim Landgericht vorliegt?

Zunächst möchte ich anmerken, dass ein falsches Urteil, zu meinem Nachteil, ausgesprochen wurde.
Als Begründung nenne ich Folgendes:
Es musste ein 2. Gutachten erstellt werden, das 1. Gutachten reichte zur Betreuungserteilung nicht aus.
Herr Richter ... sagte ausdrücklich, dass es sich um einen Grenzfall handle.

Derzeitige Situation:
Seit über 2 Jahren kontrollierte Medikamenteneinnahme – nach Klinikentlassung wohnhaft bei den Eltern – im April 2010 wird bekannt, dass der Freund der Schwester ein Drogendealer ist (siehe Gutachten April 2010).

Ohne Verfahren (dies hätte ich vorgehabt):
Nach gescheiterter Selbstständigkeit (Taxi-/Mietwagenunternehmen) in Memmingen, Umzug zu meinen Freunden nach Dietenheim bei Illertissen. Ohne Unterbrechung weiter Taxi fahren in Illertissen, eine Stelle war frei.

Durch den Druck, den so ein Verfahren mit sich bringt, habe ich mein Geschäft nach Schließung noch mal eröffnet (4 Monate rote Zahlen) und meine Lebensversicherung aufgelöst.

Grund der Einleitung des Betreuungsverfahrens und Folgen:
Nach erster Schließung meines Fahrservice im Mai 2007 wollte ich meinen eigenen Weg gehen, ich wäre zu meinen Freunden nach Illertissen gezogen und wäre dort Taxi gefahren.

Mein Vater wollte, dass der Kontakt zu ihm nicht abbricht, und kam deswegen gerichtlich (Beantragung einer Betreuung bei der Stadt) auf mich zu. Er hat dadurch für sich erreicht, dass ich nicht tun konnte, was ich wollte, sondern dass ich (nach Klinikaufenthalt) wieder bei ihm eingezogen bin.

Dem Druck eines gerichtlichen Betreuungsverfahrens hielt ich nicht stand, es folgten wirtschaftliche Fehlentscheidungen.

Ein gewollter Umzug in eine zugesagte, günstige Wohnung nach Dietenheim bei Illertissen konnte nicht mehr erfolgen, da ich zur selben Zeit der Umzugsaktivitäten polizeilich ins Klinikum eingeliefert wurde. Ich gab keinerlei Anlass für eine solche Vorgehensweise. Ich hatte doch keine Straftat begangen, dass Polizei nötig gewesen wäre. Hat der Betreuer eine richtige, plausible Erklärung, die dieses Vorgehen rechtfertigt? Gerne würde ich dazu eine Stellungnahme abgeben.

Im Klinikum Memmingen folgendes Fehlverhalten der Ärzte:
Trotz Kontaktherstellung zu meinen Eltern weitere viele Wochen Krankenhausaufenthalt. Schon zu Beginn des Aufenthalts wurde mir von einem Arzt ausdrücklich angedroht, wenn ich nicht mit dem Rechtsanwalt aufhören würde, würde es länger dauern.

Wenn ich schon im Krankenhaus war, es wurden keinerlei Fragen zu meinem Fahrservice gestellt. Man hätte ja Hilfen geben können, wie ich den Verlust meines Geschäftes verarbeiten hätte können. Stattdessen nur wochenlanges, sinnloses Festhalten.

Ich wurde schikaniert. Mir wurde von einer Ärztin die Frage gestellt, ob ich

Freunde hätte. Nachdem ich mit „ja" antwortete, sagte sie verächtlich, nennen Sie mir EINEN.

Mir wurden Vorwürfe gemacht, ich würde Gedankensprünge machen. Gehört dies zum Standardprogramm eines Psychologen, der nicht weiß, wie er mit einem Patienten umgehen soll? Ich erzählte es einer Pflegerin, eine politisch Engagierte, ich würde Gedankensprünge machen, diese Frau hat das aber vollkommen widerlegt.

Kripo Memmingen:

Zu dem Thema der Anzeige bei der Polizei wg. vermeintlichem Zugang eines Fremden in meine Wohnung. Meine Gründe waren hierfür, verstellte Stereoanlage und die Duschkabine sei schief angeschraubt. In der Tat wies die Stereoanlage Mängel auf sowie auch die Duschkabine. Auf Rat des Wohnungsvermittlers (Immobilien …) habe ich vorsorglich diese Anzeige bei der Polizei gemacht.

Dieser einzige Punkt war, meiner Ansicht nach, der Grund für Herrn Richter …, ein Urteil für die Erteilung einer Betreuung zu fällen, obwohl ich bei der Anhörung ausdrücklich gesagt habe, dass ich mich getäuscht hatte.

Medikamente:

In meiner Zeit als Bankkaufmann bei der Raiffeisenbank von 1997–2002 benötigte ich weder Psychologen noch Medikamente.

Auf Rat des Vaters meiner damaligen Freundin folgend, und ihrer Mutter, Allgemeinärztin, stoppte ich die Einnahme einer 4-jährigen sehr geringen Dosis Psychopharmaka. So fuhr ich von Oktober 2006–Dezember 2007 ohne Medikament problemlos Taxi.

Abschließend ein letzter Punkt:

Bei dem gesamten Betreuungsverfahren konnte ich lediglich feststellen, dass es mir nur geschadet hat. Selbst wenn es mir ETWAS schlecht ging (in Folge der Schließung meines Unternehmens), so schlimm war es nicht, dass man derart vorgegangen ist.

Vor Beginn des Verfahrens und anfangs war meine gesundheitliche Verfassung noch auf einem Normalstand – das erste Gutachten im Oktober 2007 reichte nicht aus.

Der wahre Grund, warum es mir von August 2007 bis zum jetzigen Zeitpunkt gesundheitlich nicht gut ging, ist das Betreuungsverfahren selbst.

Mit freundlichen Grüßen
Bernd Schubert

Schadensersatzklage / Betreuungsverfahren

Sehr geehrter Herr Schubert,

wir bedanken uns für Ihr Schreiben vom 4. Juni 2010. Das uns angetragene Mandat können wir leider nicht übernehmen. Unsere Tätigkeit beschränkt sich auf Rechtsmittel zum Bundesgerichtshof im Anschluss an Berufungs- oder Beschwerdeverfahren. Mit Ihrem Anliegen – Schadensersatzklage, Aufhebung der Betreuung – müssen Sie sich daher zunächst an einen bei den Instanzgerichten zugelassenen Anwalt wenden.

Die uns überlassenen Unterlagen reiche ich zu unserer Entlastung an Sie zurück.

Ich bedaure, keine anderslautende Mitteilung machen zu können.

Mit freundlichen Grüßen
Bundesanwalt

Dienstaufsichtsbeschwerde
(Betreuungserteilung durch Herrn …)
Gutachten durch Frau Dr. … – Psychiatrische Vermessenheit

Sehr geehrte Damen und Herren,

im Jahr 2008 bekam ich eine Betreuung erteilt. Ich erhob Einspruch dagegen. 2010 ergab sich durch ein Gutachten, dass die Betreuung aufgelöst werden kann, sie besteht aber bis heute immer noch.

Vorhanden waren zur Zeit der Betreuungserteilung:
– zugesagtes Arbeitslosengeld Hartz IV
– eine günstige, bereits zugesagte Wohnung in Dietenheim bei Illertissen
– soziale Kontakte in Illertissen

(Bei fehlerhaften Operationen gibt es eine Arzthaftung, Psychiater dagegen können Fehler produzieren, ohne Konsequenzen.)
Da die damalige Situation klar war, bitte ich Sie um Überprüfung.

Die jetzige Situation sieht wie folgt aus:
– Eine Wohnung in Illertissen.
– Der Freund meiner Schwester, der damals ganz klar als Drogendealer enttarnt wurde, hat keinen Kontakt mehr zur Schwester und zur Familie. Damals wurde ich zu einer erhöhten Medikation gezwungen, weil ich diese Sache ans Licht gebracht habe. Der Informant war der Inhaber des …-Clubs Memmingen.
– Jetzt mache ich alles so, wie ich es vor 3 Jahren schon gemacht habe und entsprechend vorbereitet habe, dann hätte man mich ja gleich mein Leben so, wie es war, weiterleben lassen können.
– Man betrog mich um 3 Jahre meines Lebens, indem ein unerfahrener und unwissender Richter (er sagte selbst, er wisse nicht, was er tun solle, ein Arzt müsse dies bestimmen) über mein Leben entscheiden durfte.

Fehler der Psychiater:
– keine Befragung zur beruflichen Vergangenheit
– keine Befragung zur aktuellen Situation (Hartz IV schon beantragt, bevorstehender Umzug, Vorhandensein von Freunden, usw.)
– in den Gutachten werden mir Sachen angehängt und Märchen dazugedichtet
– ich hatte eine Grundlage, Finanzgeschäfte konnten erledigt werden, Kontakt zu Freunden bestand. Umzug in eine günstigere Wohnung wurde vorbereitet. Deswegen brauchte ich keine Betreuung.

Folge der Fehlverhalten:
Der Betreuer kam ins Haus und entschied über eine Krankenhausunterbringung, später erfolgte dann die polizeiliche Abholung. Entlassung nach Monaten. Es war von vorneherein klar, dass ich dorthin musste, darauf hatte ich damals überhaupt keinen Einfluss.
Ohne Betreuungserteilung würde ich jetzt, nach unglücklich gelaufener Selbstständigkeit, wieder gefestigt, seit 3 Jahren in Dietenheim bei Illertissen wohnen.
Illertissen sagt mir auch deswegen mehr zu als Memmingen, da hier ein Freizeitbad und Seen vorhanden sind, und ich mich dort als Schwimmer in meiner Freizeit besser beschäftigen kann, und als Wohnungssuchender hat man bessere Chancen.
Vor 3 Jahren, wie auch jetzt, habe ich Illertissen als Wohnort gewählt, was bedeutet, dass ich damals das Gleiche gemacht hätte wie heute.

Zum Krankenhausaufenthalt:
Eine einzige Pflegerin im Klinikum bestätigte die Anschuldigungen der Ärzte an mich nicht. Eine Frau, die auch im politischen Bereich in Memmingen/ Steinheim tätig ist, damit musste sie ja genug Verstand haben, um die Situation zu beurteilen.
Im Gutachten wurde mir angelastet, mein Denken sei verlangsamt. Sind diejenigen verantwortlichen Gutachter schon einmal auf die Idee gekommen, dass ein Neuroleptikum die Körperfunktionen verlangsamt?

Erläuterungen zu folgenden Anschuldigungen der Gutachterin:

– finanzielle Schwierigkeiten:

a) Der Dispo-Kredit war beansprucht, wie es nahezu bei jedem zweiten Bundesbürger der Fall ist.

b) Hartz IV war beantragt und bewilligt, wie es auch bei weiteren ca. 4 Millionen Arbeitslosen so ist.

Anregung für eine Betreuungserteilung:

In unserem Land werden Privatinsolvenzen bei Personen mit Schulden in Höhe von 200 bis 300 Tsd. Euro beantragt und genehmigt. Hier wäre beispielsweise eine Betreuung angebracht.

– gesundheitliche Schwierigkeiten:

a) Körperlich keine.

b) Seelisch nur insoweit, dass ich gerade Geschäft und Freundin verloren hatte, und deshalb etwas unglücklich war.

c) Bestehende soziale Kontakte. Die Fähigkeit, die finanziellen Geschäfte auch nach der beendeten Selbstständigkeit zu führen.

Ansichten der beauftragten Ärzte:

– Eine in 2008 behandelnde Ärztin schlug vor, die Betreuung gleich für 7 Jahre zu erteilen.

– Im Jahre 2010 schlägt ein Arzt vor, dass die Betreuung sofort auflösbar ist. Hier wird doch klar, dass die Ärzte ihre Patienten gar nicht kennen oder nicht kennen wollen.

Ich möchte zusätzlich betonen, dass eine bestehende Betreuung bei mir

– im Bereich, eine Lebenspartnerin zu finden, störend ist.

– störend ist, bei der einem die Möglichkeit, sich geistig zu betätigen, indem wichtige Entscheidungen, die zu treffen sind, und wichtige Tätigkeiten, die zu erledigen sind, weggenommen wird. Das Leben der betreffenden Person ist extrem eingeschränkt.

– unangebracht ist, aus folgendem Grund: Durch den Betreuer bin ich in die

65

Rente geschickt worden, ein späterer Arbeitsplatz in den erlernten Berufen Industrie- und Bankkaufmann ist zunichte gemacht worden, denn eine Bewerbung, bei der von 2 Jahren Rente die Rede ist, landet im Papierkorb.

Unter dem Gesichtspunkt, dass überhaupt keine Beweise vorliegen, die klarlegen, dass ich mein Leben in irgendeiner Weise nicht fortsetzen konnte, verlange ich, dass die Betreuung für nichtig erklärt wird, sowie Schadensersatz für die 3 Jahre.

Im ersten Gutachten sowie in weiteren Gutachten wurden irgendwelche eventuell passenden Standardpassagen psychiatrischer Schreibkunst angewandt. Das erste Gutachten griff aus Mangel an Beweisen überhaupt nicht.

Ich wurde daraufhin nicht in Ruhe gelassen, um mich von den psychiatrischen Attacken der Ärzte wieder zu erholen. Nein, es wurde weiter überwacht, befragt und erniedrigt. Ich erlitt dadurch seelischen Schaden.

Anstatt mich zu meinen Freunden nach Illertissen ziehen zu lassen, folgte eine aufgezwungene Krankenhausunterbringung durch den Betreuer, wo ich unter lauter wirklich Kranken, und einem Pflegepersonal, das nur ihre schlechte Seite zeigte, festgehalten wurde. Gleich mehrere Monate. Eine Genesung von der seelischen Belastung, die dort an mich herantrat, war nicht möglich.

Der Betreuer spricht beim letzten Hausbesuch, im Beisein einer Auszubildenden, davon, dass ich schon mehrmals im Krankenhaus war. In Wahrheit war ich 1 x im Alter von 18 Jahren im Krankenhaus, wegen Erniedrigung am Arbeitsplatz und Verlust der Freunde, da sie Studieren gegangen sind, und meiner Mutter, die zu der Zeit Krebs hatte.

Der zweite Krankenhausaufenthalt war aufgezwungen. Es wurde Macht ausgeübt an mir, einem nicht schuldigen, wehrlosen Mitbürger.

Die Richter vom Landgericht, die meinen schriftlichen Einspruch erhielten, und mich nur vom Gutachten her kannten, nicht etwa durch eine Vorladung, schrieben bei ihrer Entscheidung, zu meinen Ungunsten, meine mir angelastete Krankheit entwickle eine Dynamik, weil ich schriftlich Einspruch erhoben *hatte und mich entsprechend rechtfertigte. Sie entschieden damit auch gegen meine damals noch aussichtsreiche Zukunft.*

Mit freundlichen Grüßen
Bernd Schubert

Ihre Dienstaufsichtsbeschwerde gegen Herrn Richter …
am Amtsgericht … in Ihrer Betreuungssache

Sehr geehrter Herr Schubert,

Ihre Dienstaufsichtsbeschwerde vom 06.01.2011 ist hier am 11.01.2011 eingegangen. Da Dienstvorgesetzter des Richters der Herr Präsident des Landgerichts Memmingen ist, habe ich Ihre Eingabe zuständigkeitshalber weitergeleitet.

Mit freundlichen Grüßen
Direktor des Amtsgerichts

Ihre Dienstaufsichtsbeschwerde vom 6. Januar 2011
gegen Richter … am Amtsgericht Memmingen …

Sehr geehrter Herr Schubert,

Sie haben sich mit Schreiben vom 06.01.2011 an den Direktor des Amtsgerichts Memmingen gewandt. Sie rügen darin unter anderem das dienstliche Verhalten des in Ihrem Betreuungsverfahren tätigen Richters am Amtsgericht … und erheben Dienstaufsichtsbeschwerde.

Die Aufsicht über die Richterinnen und Richter des Amtsgerichts Memmingen – soweit eine solche überhaupt besteht – obliegt nicht dem Direktor des Amtsgerichts Memmingen, sondern dem Präsidenten des Landgerichts Memmingen.

In der Sache selbst muss ich Ihnen mitteilen, dass ich nicht befugt bin, in eine dienstaufsichtliche Prüfung einzutreten. Mit Ihrer Beschwerde beanstanden Sie zunächst die Errichtung und Aufrechterhaltung der Betreuung. Die Entscheidung hierüber gehört zum Kernbereich der Tätigkeit einer Richterin bzw. eines Richters. In diesem Kernbereich sind Richter unabhängig und nur dem Gesetz, damit aber gerade keiner Dienstaufsicht unterworfen (Artikel 97 Absatz 1 unseres Grundgesetzes). Von Verfassung wegen ist es mir deshalb verwehrt, die Entscheidungen des Richters am Amtsgericht ... in Ihrem Betreuungsverfahren zu überprüfen. Die Kontrolle richterlicher Entscheidungen erfolgt demnach nicht durch den Präsidenten des Landgerichts, sondern durch die übergeordneten Gerichte im Rechtsmittelverfahren. Soweit Sie die Entscheidungen des Richters am Amtsgericht ... beanstanden, müssen Sie die entsprechenden Rechtsmittel einlegen, wie Sie es in der Vergangenheit bereits getan haben. Gleiches gilt für die von Ihnen begehrte Aufhebung der Betreuung. Auch diese müssen Sie im hierfür vorgesehenen gerichtlichen Verfahren betreiben. Ich darf Ihnen raten, dies mit Ihrem Anwalt und Ihrem Betreuer zu besprechen.

In Ihrem Schreiben wenden Sie sich weiter gegen die Ergebnisse der psychiatrischen Begutachtungen. Insoweit besteht für mich als Präsident des Landgerichts von vornherein keine Möglichkeit, Ihnen weiterzuhelfen. Gleiches gilt für die von Ihnen beanspruchten Schadensersatzzahlungen. Zur Geltendmachung behaupteter Schadensersatzansprüche steht Ihnen wie jedem Rechtsuchenden der Zivilrechtsweg offen. Dies sollten Sie gegebenenfalls mit Ihrem Anwalt besprechen.

Mit freundlichen Grüßen
Präsident des Landgerichts

Sehr geehrter Herr Schubert

wie telefonisch besprochen, erhalten Sie Ihre Unterlagen zurück.

Vorsitzende Richterin
am Oberlandesgericht

Betreuungssache Bernd Schubert

Sehr geehrter Betreuer,

hiermit zeige ich an, dass ich nunmehr Herrn Bernd Schubert anwaltlich vertrete – Vollmacht anbei.

Mein Mandant legt mir die „Erklärung" vom 29.03.2011 vor. Aufgrund Ihrer Angaben über den Zweck und Hintergrund der Erklärung wurde mein Mandant getäuscht, da Sie ihm einen anderen Sachverhalt geschildert haben.

Namens und in Vollmacht meines Mandanten wird hiermit diese Erklärung vom 29.03.2011 unter sämtlichen rechtlichen Gesichtspunkten – insbesondere wegen arglistiger Täuschung – angefochten.

Mit freundlichen Grüßen
Rechtsanwalt

Jetzt kam es aber dazu, dass sich mein Gesundheitszustand extrem verschlechterte, auch aufgrund der schon so lange andauernden Ruhestörung der Nachbarn, gegen die ich nichts tun konnte. Das ging so weit, dass ich mich bei der Polizei in der Landeshauptstadt München vorstellte und mich über die Ruhestörung beschwerte. Dort hieß es nur: Wir sind da nicht zuständig, gehen Sie zur zuständigen Polizeibehörde Ihrer Stadt. Was ich wieder tat. Erschwerend dazu kam, dass ich wieder einmal wegen Herumschlenderns in der Stadt von der Polizei kontrolliert wurde. Wegen der Ruhestörung rief ich dann auch bei der Polizei in der Stadt an, in der ich vorher gewohnt hatte. Alles in allem – zu viel Polizei. Es wurde ein neues Betreuungsverfahren gegen mich eingeleitet, was ich mit einer ärztlichen Bestätigung meines Hausarztes überraschend schnell beenden konnte.

Ärztliche Bescheinigung

Ich bescheinige, dass Herr Schubert Bernd, geb. am 16.04.1977, wohnhaft in 89257 Illertissen, von mir am 21.10.11 untersucht wurde. Die körperliche Untersuchung ergab keinerlei pathologische Befunde, die eine Betreuung des Herrn Schubert rechtfertigen würden.

Praktischer Arzt

Kapitel 12 *Erneute Betreuung und Bundesverfassungsgericht*

Es war ja klar, dass ich eine leichte psychische Erkrankung schon immer hatte. Und nur mit dem notwendigen Medikament hatte ich diese Krankheit im Griff. So kämpfte ich mich ohne Medikament bis Anfang 2012 durch. Mit Freunden hatte ich schon lange nichts mehr unternommen. Zu den Eltern hatte ich den Kontakt abgebrochen. Kurz und gut – ich hatte Kontakt zu niemandem mehr. Außer zu dem Rechtsanwalt, den ich aktuell mit meiner Schadensersatzklage beschäftigte.

Eines Tages machte ich mich zum Landgericht Memmingen auf, um mit dem obersten Chef aller Richter in Memmingen, dem Präsidenten des Landgerichts, über Schadensersatzklage und Betreuungsverfahren zu reden. Am Eingang sagte ich, dass ich Herrn Prof. ... sprechen möchte, ich sagte dazu, wir kennen uns vom Schriftverkehr. Ich wurde noch auf Waffen durchsucht, klar, er war ja eine sehr wichtige Person. Dann wurde ich zum Präsidenten vorgelassen. Es war nur ein sehr kurzes Gespräch. Ich sagte ihm, dass ich keinen Betreuer brauchte. Darauf erwiderte er, ein Betreuer muss kein Nachteil sein. Zum Thema Schadensersatz sind wir gar nicht gekommen. Netterweise fragte er mich, was ich heute noch so mache, dann verabschiedeten wir uns.

Fest stand, dass ich aus dieser Lage allein nicht mehr herauskam. Zum guten Glück entschied sich das zuständige Amtsgericht meiner Stadt dann doch für eine Betreuung für mich, und zwar sofort. Sie mussten noch irgendwelche Gründe gefunden haben, von denen ich nichts wusste. Aber egal. Mit Betreuer und dem Medikament, das ich so dringend benötigte, war alles wieder in Ordnung. Ich entschied mich aber diesmal, nicht mit der Schadensersatzforderung weiterzumachen, da ich schon allein deswegen unglaubwürdig vor dem Amtsgericht war, weil ich unter Medikation stand und diese immer benötigen würde. Während der Phase, als ich meine Schadensersatzklage bearbeitete, schickte ich noch alles, was sich darüber an Schriftstücken angesammelt hatte, ans Bundesverfassungsgericht mit der Bitte, mir bei meiner Schadensersatzklage weiterzuhelfen.

Dazu übersandte ich dem dortigen Rechtspfleger noch eine Silbermünze. Warum ich das tat, weiß ich bis jetzt noch nicht. Vielleicht weil ich wollte, dass der Fall schnell und richtig bearbeitet wird.

Ihr Schreiben, hier eingegangen am 18. November 2011
1 Münze

Sehr geehrter Herr Schubert,

die mit oben genanntem Schreiben hierher übersandte Münze erhalten Sie anbei zurück.

Mit freundlichen Grüßen
Bundesverfassungsgericht

Damit endet meine Geschichte über den Fahrservice Schubert und das, was danach folgte. Heute, im Jahr 2013, sehe ich alles viel klarer. Die ruhestörenden Mieter sind umgezogen und ich habe rücksichtsvolle Nachbarn. Ich bekomme nun im Alter von 36 Jahren nach wiederholter Überprüfung die gesetzliche Rente bis 67. Dazu erhalte ich eine Berufsunfähigkeitsrente und gelegentlich fahre ich noch Taxi auf geringfügiger Basis. Finanziell geht es mir nicht schlecht. Meine sozialen Kontakte zu Familie und Freunden sind wiederhergestellt. Den Betreuer habe ich wieder auf Zeit bekommen. Aber ob ich jetzt einen Betreuer habe oder nicht, interessiert mich jetzt nicht mehr.